»Es war Frühlingsbeginn. Über die runden, schöngewölbten Hügel lief wie eine dünne, lichte Welle das keimende Grün, die Bäume legten ihre Wintergestalt, das braune Netzwerk mit den scharfen Umrissen, ab und verloren sich mit jungem Blätterspiel ineinander und in die Farben der Landschaft als eine unbegrenzte, fließende Woge von lebendigem Grün.« *Hermann Hesse*
Der »unendlich schöne« Frühling inspirierte Hermann Hesse zu einer Vielzahl an Gedichten und Betrachtungen, in denen er über den Zauber und die geheimnisvolle Aura des Frühlings sinnierte.

Hermann Hesse, geboren am 2. Juli 1877 in Calw/Württemberg, 1946 ausgezeichnet mit dem Nobelpreis für Literatur, starb am 9. August 1962 in seiner Wahlheimat Montagnola bei Lugano. Zuletzt im insel taschenbuch erschienen: *Ist es Liebe? Die schönsten Gedichte über die Liebe* (it 3265), *Wolken. Betrachtungen und Gedichte* (it 3332), *Mit Hermann Hesse durchs Tessin* (it 3609) und *Weihnachten mit Hermann Hesse* (it 3640).

insel taschenbuch 4117

Hermann Hesse

Frühling

HERMANN HESSE
/ FRÜHLING /

Ausgewählt von Ulrike Anders

INSEL VERLAG

insel taschenbuch 4117
Erste Auflage 2012

Vertrieb durch den Suhrkamp Taschenbuch Verlag
Quellen- und Bildnachweise am Schluß des Bandes
Umschlaggestaltung: bürosüd, München
Druck: Kösel, Krugzell
Printed in Germany
ISBN 978-3-458-35817-6

1 2 3 4 5 6 – 17 16 15 14 13 12

/ FRÜHLING /

/ VORFRÜHLING /

Der Föhn schreit jede Nacht,
Sein feuchter Flügel flattert schwer.
Brachvögel taumeln durch die Luft.
Nun schläft nichts mehr,
Nun ist das ganze Land erwacht,
Der Frühling ruft.

Bleib still, bleib still, mein Herz!
Ob auch im Blute eng und schwer
Die Leidenschaft sich rührt
Und dich die alten Wege führt –
Nicht jugendwärts
Gehn deine Wege mehr.

/ ERWACHEN AUS DER VERZWEIFLUNG /

Aus Leides Trunkenheit
Emporgetaumelt seh ich
Durch Tränen zitternd die erneute Welt.
Schon duftet Sommer an den Wäldern hin –
O Abende voll grünem Schmelz, Sternhimmel du,
Wie sehnlich überfüllt ihr mir das Herz!

Freunde, lebt ihr noch? Wein, glühst du noch?
Bist du noch mein, verzauberte Welt,
Die ich durch Tränen nur und von ferne
Wandeln sehe, wo lang ich nur Leere sah?
Hebt noch einmal der alte Reigen an,
Zieht den Gestorbnen noch einmal der süße
Sommerzauber zurück?
Noch mißtraut dem Wunder die Seele,
Noch ist Sommer und Wald nicht wieder mein.
Aber heiliger glühn und klarer die Sterne,
Schweigend horch ich hinan, ihr Weltgeläut
Tönt mir ehern das Lied meines Schicksals,
Und mein Herz tönt zagenden Widerhall.

// Eine der Freuden des Jahres, die ersten Blumen, hat man nun auch schon wieder gehabt! Wie rasch das alles geht! Das Leben ist zu kurz! Ich brenne darauf, wieder Lehm in die Hände zu nehmen und Menschen nach meinem Bilde zu gestalten, aber es ist noch nicht reif.

(Aus einem Brief an Hermann Bodmer, ca. 1921)

Wie heult der Sturm mit Macht, mit Macht
Wild um die Felsen droben,
Als wollte er die Winternacht
Aus ihrem Schlummer toben.
Und durch den Wald der Wind sich ringt,
Daß sich die Föhren krümmen;
Doch aus dem Sturmeswehn es klingt
Wie helle Frühlingsstimmen.
So klingt mirs recht; so braust mirs wohl,
So mag es immer wehen:
Wenn sich der Frühling zeigen soll,
Muß erst das Eis vergehen.
Freu dich, mein Lieb; der Winter wich,
Der Frühling kommt gegangen
Und will uns beide, dich und mich,
Mit seiner Pracht umfangen.
Und will uns seine Blumen streun
Und liebvoll auf uns blicken
Und seiner blauen Augen Schein
Zu unsrem Glück noch schicken.

// Ich war etwa vierzehn Jahre alt, und es war im Vorfrühling, im Februar oder März, da lud ein Kamerad mich ein, eines Nachmittags mit ihm auszugehen, um ein paar Holunderstämmchen zu schneiden, die wollte er als Röhren beim Bau einer kleinen Wassermühle benutzen. Wir zogen also aus, und es muß ein besonders schöner Tag in der Welt oder in meinem Gemüt gewesen sein, denn er ist mir im Gedächtnis geblieben und hat mir ein kleines Erlebnis gebracht. Das Land war feucht, aber schneefrei, an den Wasserläufen grünte es schon stark, im kahlen Gesträuch gaben Knospen und erste aufbrechende Kätzchen schon einen Hauch von Farbe, und die Luft war voll Geruch, einem Geruch voll Leben und voll Widerspruch, es duftete nach feuchter Erde, faulendem Laub und jungen Pflanzenkeimen, jeden Augenblick erwartete man schon die ersten Veilchen zu riechen, obschon es noch keine gab. Wir kamen zu den Holundern, sie hatten winzige Knospen, aber noch kein Laub, und als ich einen Zweig abschnitt, drang mir ein bittersüßer, heftiger Geruch entgegen, der alle die andern Frühlingsgerüche in sich gesammelt, summiert und potenziert zu haben schien. Ich war ganz benommen davon, ich roch an meinem Messer, roch an meiner Hand, roch an dem Holunderzweig; sein Saft war es, der so dringlich und unwiderstehlich duftete. Wir sprachen nicht darüber, aber auch mein Kamerad roch lang und nachdenklich an seinem Rohr, auch zu

 ihm sprach der Duft. Nun, jedes Erlebnis hat eben seine Magie, und hier bestand mein Erlebnis darin, daß der kommende Frühling, schon beim Gehen über die feucht schwappenden Wiesenböden, beim Duft der Erde und Knospen von mir stark und beglückend empfunden, sich nun im Fortissimo des Holunderduftes zu einem sinnlichen Gleichnis und einer Bezauberung konzentrierte und steigerte. Vielleicht hätte ich, auch wenn dies kleine Erlebnis für sich allein geblieben wäre, diesen Geruch niemals mehr vergessen; vielmehr, jede künftige Wiederbegegnung mit diesem Geruch hätte mir wahrscheinlich bis ins Alter stets die Erinnerung an jenes erste Mal aufgeweckt, da ich den Duft bewußt erlebt hatte. Nun kommt aber noch etwas Zweites hinzu. Ich hatte damals bei meinem Klavierlehrer einen alten Band Noten gefunden, der mich gewaltig anzog, es war ein Band Lieder von Franz Schubert. Ich hatte darin geblättert, als ich einmal etwas lange auf den Lehrer warten mußte, und auf meine Bitte hatte er ihn mir für einige Tage geliehen. In meinen Freistunden lebte ich ganz in der Wonne des Entdeckens, ich hatte bis dahin nichts von Schubert gekannt und war damals ganz von ihm bezaubert. Und nun entdeckte ich, am Tag jenes Holundergangs oder am Tage nachher, Schuberts Frühlingslied ›Die linden Lüfte sind erwacht‹, und die ersten Akkorde der Klavierbegleitung überfielen mich wie ein Wiedererkennen: diese Akkorde dufteten genau so wie der junge Holunder geduftet hatte, so bittersüß, so stark und gepreßt, so voll Vorfrühling! Von jener Stunde an ist für mich die Assoziation Vorfrühling – Holunderduft – Schubertakkord eine feststehende und absolut gültige, mit dem Anschlagen des Akkords rieche ich sofort und unbedingt den herben Pflanzengeruch wieder, und beides zusammen heißt: Vorfrühling.

(Aus: »Das Glasperlenspiel«, 1943)

/ FRÜHLING /

(1899)

In dämmrigen Grüften
Träumte ich lang
Von deinen Bäumen und blauen Lüften,
Von deinem Duft und Vogelgesang.

Nun liegst du erschlossen
In Gleiß und Zier
Von Licht übergossen
Wie ein Wunder vor mir.
Du kennst mich wieder,
Du lockest mich zart

Es zittert durch all meine Glieder
Deine selige Gegenwart.

/ FRÜHLINGSNACHT /

Im Kastanienbaum der Wind
Reckt verschlafen sein Gefieder,
An den spitzen Dächern rinnt
Dämmerung und Mondschein nieder.

Alle Brunnen rauschen kühl
Vor sich hin verworrene Sagen,
Zehnuhrglocken im Gestühl
Rüsten feierlich zum Schlagen.

In den Gärten unbelauscht
Schlummern mondbeglänzte Bäume,
Durch die runden Kronen rauscht
Tief das Atmen schöner Träume.

Zögernd leg ich aus der Hand
Meine warmgespielte Geige,
Staune weit ins blaue Land,
Träume, sehne mich und schweige.

// In Kinderzeiten fürchtete ich den Föhn und haßte / 17 ihn sogar. Mit dem Erwachen der Knabenwildheit aber bekam ich ihn lieb, den Empörer, den Ewigjungen, den frechen Streiter und Bringer des Frühlings. Es war so herrlich, wie er voll Leben, Überschwang und Hoffnung seinen wilden Kampf begann, stürmend, lachend und stöhnend, wie er heulend durch die Schluchten hetzte, den Schnee von den Bergen fraß und die zähen alten Föhren mit rauhen Händen bog und zum Seufzen brachte. Später vertiefte ich meine Liebe und begrüßte nun im Föhn den süßen, schönen, allzu reichen Süden, welchem immer wieder Ströme von Lust, Wärme und Schönheit entquellen, um sich an den Bergen zu zersprengen und endlich im flachen, kühlen Norden ermüdet zu verbluten. Es gibt nichts Seltsameres und Köstlicheres als das süße Föhnfieber, das in der Föhnzeit die Menschen der Bergländer und namentlich die Frauen überfällt, den Schlaf raubt und alle Sinne streichelnd reizt. Das ist der Süden, der sich dem spröden, ärmeren Norden immer wieder stürmisch und lodernd an die Brust wirft und den verschneiten Alpendörfern verkündigt, daß jetzt an den nahen purpurnen Seen Welschlands schon wieder Primeln, Narzissen und Mandelzweige blühen.

Alsdann, wenn der Föhn verblasen hat und die letzten schmutzigen Lawinen zerlaufen sind, dann kommt das

 Schönste. Dann recken sich berghinan auf allen Seiten die beblümten gelblichen Matten, rein und selig stehen die Schneegipfel und Gletscher in ihren Höhen, und der See wird blau und warm und spiegelt Sonne und Wolkenzüge wider.

Alles dieses kann schon eine Kindheit und zur Not auch ein Leben erfüllen. Denn alles dieses redet laut und ungebrochen die Sprache Gottes, wie sie nie über eines Menschen Lippen kam. Wer sie so in seiner Kindheit vernommen hat, dem tönt sie sein Leben lang nach, süß und stark und furchtbar, und ihrem Bann entflieht er nie. Wenn einer in den Bergen heimisch ist, der kann jahrelang Philosophie oder Historia naturalis studieren und mit dem alten Herrgott aufräumen – wenn er den Föhn wieder einmal spürt oder eine Laue durchs Holz brechen hört, so zittert ihm das Herz in der Brust, und er denkt an Gott und ans Sterben.

(Aus: »Peter Camenzind«, 1904)

Schaukelt im wehenden Föhnwind der Feigenbaum
Wieder wie Schlangen wirr die gewundenen Äste,
Steigt übers kahle Gebirg zu einsamem Feste
Vollmond empor und beseelt mit Schatten den Raum,
Spricht zwischen gleitenden Wolkenschiffen
der Lichte
Träumerisch mit sich selber und zaubert die Nacht
Über dem Seetal still zum Seelenbild und Gedichte,
Daß mir im Herzen zuinnerst Musik erwacht,
Dann erhebt sich in drängender Sehnsucht die Seele,
Fühlt sich jung und begehrt ins flutende Leben
zurück,
Kämpft mit dem Schicksal und ahnt, woran
es ihr fehle,
Summt sich Lieder und spielt mit dem
Traume vom Glück,
Möchte noch einmal beginnen, noch einmal
der fernen
Jugend heiße Gewalten beschwören ins kühlere Heut,
Möchte wandern und werben und bis zu den Sternen
Dehnen der schweifenden Wünsche dunkles Geläut.
Zögernd schließ ich das Fenster, entzünde das Licht,
Seh die weißglänzenden Kissen des Bettes warten,

Weiß den Mond um die Welt und das wehende
Wolkengedicht
Draußen lebendig im Föhn überm silbrigen Garten,
Finde zurück mich langsam zu meinen
gewohnten Dingen,
Höre bis in den Schlaf das Lied meiner Jugend
klingen.

// Wir haben einen so frühen und schönen Frühling, daß es schade um ihn ist, er kommt gleich andern Künstlern vor der Weltgeschichte nicht zu Wort. Sie ist ja immer eine etwas laute, aufdringliche und sich sehr wichtig nehmende Person, ihr Humor zuzuschreiben wäre falsch, so oft sie zu grinsen scheint.

(Aus einem Brief an Alfred Kubin, März 1938)

// Daß der Dichter so seine Wörtchen klaubt und setzt und auswählt, mitten in einer Welt, die morgen vielleicht zerstört sein wird, das ist genau das gleiche, was die Anemonen und Primeln und andern Blümchen tun, die jetzt auf allen Wiesen wachsen. Mitten in einer Welt, die vielleicht morgen mit Giftgas überzogen ist, bilden sie sorgfältig ihre Blättchen und Kelche, mit fünf oder vier oder

 sieben Blumenblättchen, glatt oder gezackt, alles genau und möglichst hübsch.

(Aus einem Brief an den Sohn Martin, April 1940)

// Es war Frühlingsbeginn. Über die runden, schöngewölbten Hügel lief wie eine dünne, lichte Welle das keimende Grün, die Bäume legten ihre Wintergestalt, das braune Netzwerk mit den scharfen Umrissen, ab und verloren sich mit jungem Blätterspiel ineinander und in die Farben der Landschaft als eine unbegrenzte, fließende Woge von lebendigem Grün.

Früher, in den Lateinschuljahren, hatte Hans den Frühling anders als diesmal betrachtet, lebhafter und neugieriger und mehr im einzelnen. Er hatte die zurückkehrenden Vögel beobachtet, eine Gattung um die andere, und die Reihenfolge der Baumblüte, und dann, sobald es Mai war, hatte er zu angeln begonnen. Jetzt gab er sich keine Mühe, die Vogelarten zu unterscheiden oder die Sträucher an ihren Knospen zu erkennen. Er sah nur das allgemeine Treiben, die überall sprossenden Farben, atmete den Geruch des jungen Laubes, spürte die weichere und gärende Luft und ging verwundert durch die Felder. Er ermüdete bald, hatte immer eine Neigung zu liegen und einzuschlafen und sah fast fortwährend allerlei andere

Dinge, als die ihn wirklich umgaben. Was es eigentlich für Dinge waren, wußte er selbst nicht, und er besann sich nicht darüber. Es waren helle, zarte, ungewöhnliche Träume, die ihn wie Bildnisse oder wie Alleen fremdartiger Bäume umstanden, ohne daß etwas in ihnen geschah. Reine Bilder, nur zum Anschauen, aber das Anschauen derselben war doch auch ein Erleben. Es war ein Weggenommensein in andere Gegenden und zu anderen Menschen. Es war ein Wandeln auf fremder Erde, auf einem weichen, angenehm zu betretenden Boden, und es war ein Atmen fremder Luft, einer Luft voll Leichtigkeit und feiner, träumerischer Würze. An Stelle dieser Bilder kam zuweilen auch ein Gefühl, dunkel, warm und erregend, als glitte ihm eine leichte Hand mit weicher Berührung über den Körper.

(Aus: »Unterm Rad«, 1905/06)

/ FRÜHLING /

(Mai 1907)

Wieder schreitet er den braunen Pfad
Von den stürmeklaren Bergen nieder,
Wieder quellen, wo der Schöne naht,
Liebe Blumen auf und Vogellieder.

Wieder auch verführt er meinen Sinn,
Daß in dieser zart erblühten Reine
Mir die Erde, deren Gast ich bin,
Eigentum und holde Heimat scheine.

/ NEUES ERLEBEN /

Wieder seh ich Schleier sinken,
Und Vertrautestes wird fremd,
Neue Sternenräume winken,
Seele schreitet traumgehemmt.

Abermals in neuen Kreisen
Ordnet sich um mich die Welt,
Und ich seh mich eiteln Weisen
Als ein Kind hineingestellt.

Doch aus früheren Geburten
Zuckt entfernte Ahnung her:
Sterne sanken, Sterne wurden,
Und der Raum war niemals leer.

Seele beugt sich und erhebt sich,
Atmet in Unendlichkeit,
Aus zerrißnen Fäden webt sich
Neu und schöner Gottes Kleid.

/ STUFEN /

Wie jede Blüte welkt und jede Jugend
Dem Alter weicht, blüht jede Lebensstufe,
Blüht jede Weisheit auch und jede Tugend
Zu ihrer Zeit und darf nicht ewig dauern.
Es muß das Herz bei jedem Lebensrufe
Bereit zum Abschied sein und Neubeginne,
Um sich in Tapferkeit und ohne Trauern
In andre, neue Bindungen zu geben.
Und jedem Anfang wohnt ein Zauber inne,
Der uns beschützt und der uns hilft, zu leben.

Wir sollen heiter Raum um Raum durchschreiten,
An keinem wie an einer Heimat hängen,
Der Weltgeist will nicht fesseln uns und engen,
Er will uns Stuf um Stufe heben, weiten.
Kaum sind wir heimisch einem Lebenskreise
Und traulich eingewohnt, so droht Erschlaffen,

Nur wer bereit zu Aufbruch ist und Reise,
Mag lähmender Gewöhnung sich entraffen.

Es wird vielleicht auch noch die Todesstunde
Uns neuen Räumen jung entgegen senden,
Des Lebens Ruf an uns wird niemals enden …
Wohlan denn, Herz, nimm Abschied und gesunde!

// GEHÖFT

Wenn ich diese gesegnete Gegend am Südfuß der Alpen wieder sehe, dann ist mir immer zumute, als kehre ich aus einer Verbannung heim, als sei ich endlich wieder auf der richtigen Seite der Berge. Hier scheint die Sonne inniger, und die Berge sind röter, hier wächst Kastanie und Wein, Mandel und Feige, und die Menschen sind gut, gesittet und freundlich, obwohl sie arm sind. Und alles, was sie machen, sieht so gut, so richtig und freundlich aus, als sei es von Natur so gewachsen. Die Häuser, Mauern, Weinbergtreppen, Wege, Pflanzungen und Terrassen, alles ist weder neu noch alt, alles ist, als sei es nicht erarbeitet, erklügelt und der Natur abgelistet, sondern entstanden wie Fels, Baum und Moos. Weinbergmauer, Haus und Hausdach, alles ist vom selben braunen Gneisgestein gemacht,

alles paßt brüderlich zueinander. Nichts sieht fremd, feindlich und gewaltsam aus, alles scheint vertraulich, heiter, nachbarlich.
Setze dich nieder, wo du willst, auf Mauer, Fels oder Baumstumpf, auf Gras oder Erde: überall umgibt dich ein Bild und Gedicht, überall klingt die Welt um dich her schön und glücklich zusammen.
Hier ist ein Gehöft, wo arme Bauern wohnen. Sie haben kein Rindvieh, nur Schwein, Ziege und Huhn, sie pflanzen Wein, Mais, Obst und Gemüse. Das ganze Haus ist aus Stein, auch Böden und Treppen, zum Hofe führt eine behauene Stufe zwischen zwei Steinsäulen. Überall blaut zwischen Gewächs und Gestein der See herauf.
Die Gedanken und Sorgen scheinen jenseits der Schneeberge liegengeblieben zu sein. Zwischen gequälten Menschen und häßlichen Sachen denkt und sorgt man so viel! Es ist dort so schwer, und so verzweifelt wichtig, eine Rechtfertigung des Daseins zu finden. Wie sollte man denn sonst leben? Vor lauter Unglück wird man tiefsinnig. – Hier aber sind keine Probleme, das Dasein bedarf keiner Rechtfertigung, die Gedanken werden zum Spiel. Man empfindet: die Welt ist schön, und das Leben ist kurz. Nicht alle Wünsche ruhen; ich möchte ein paar Augen mehr, eine Lunge mehr haben. Ich strecke die Beine ins Gras und wünsche, sie möchten länger sein.

 Ich möchte ein Riese sein, dann läge ich mit dem Kopfe nah am Schnee auf einer Alp zwischen den Ziegen, und meine Zehen unten plätscherten im tiefen See. So läge ich und stünde nimmer auf, zwischen meinen Fingern wüchse Gesträuch, in meinem Haar Alpenrosen, meine Knie wären Vorgebirge, auf meinem Leibe stünden Weinberge, Häuser und Kapellen. So liege ich zehntausend Jahre, blinzle in den Himmel, blinzle in den See. Wenn ich niese, gibt es ein Gewitter. Wenn ich drüber hauche, schmilzt der Schnee, und Wasserfälle tanzen. Wenn ich sterbe, stirbt die ganze Welt. Dann fahre ich übers Weltmeer, eine neue Sonne zu holen.

Wo werde ich diesen Abend schlafen? Einerlei! Was macht die Welt? Sind neue Götter erfunden, neue Gesetze, neue Freiheiten? Einerlei! Aber daß hier oben noch eine Primel blüht und Silberpelzchen auf den Blättern trägt, und daß der leise süße Wind dort unten in der Pappel singt, und daß zwischen meinem Auge und dem Himmel eine dunkelgoldene Biene schwebt und summt – das ist nicht einerlei. Sie summt das Lied vom Glück, sie summt das Lied von der Ewigkeit. Ihr Lied ist meine Weltgeschichte.

(Aus: »Wanderung«, 1918)

Heimat, Jugend, Lebens-Morgenstunde,
Hundertmal vergessen und verloren,
Kommt von dir mir eine späte Kunde
Hergeweht, so quillt's aus allen Tiefen,
Die verschüttet in der Seele schliefen,
Süßes Licht du, Quelle neugeboren!

Zwischen Einst und Heut das ganze Leben,
Das wir oft für stolz und reich gehalten,
Zählt nicht mehr; ich lausche hingegeben
Den so jungen, den so ewig-alten
Märchenbrunnen-Melodien wieder
Der vergessenen alten Kinderlieder.

Über allen Staub und alle Wirre
Leuchtest du hinweg und alle Mühe
Unerfüllten Strebens in der Irre,
Lautre Quelle, reines Licht der Frühe.

Trunken von früher Glut
Taumelt ein gelber Falter.
Sitzend am Fenster ruht
Schläfrig gebückt ein Alter.

Singend durchs Frühlingslaub
Ist er einst ausgezogen.
So vieler Straßen Staub
Hat sein Haar überflogen.

Zwar der blühende Baum
Und die Falter die gelben
Scheinen gealtert kaum,
Scheinen heut noch dieselben.

Doch es sind Farbe und Duft
Dünner geworden und leerer,
Kühler das Licht und die Luft
Strenger zu atmen und schwerer.

Frühling summt bienenleis
Seine Gesänge, die holden.
Himmel schwingt blau und weiß,
Falter entflattert golden.

// Zwei Tessiner Landschäftchen habe ich heut schon gemalt, eins mit einem kahlen Baum und einem Vogelturm im Frühling, und eins mit dem Monte San Giorgio im Hintergrund. Und jetzt will ich ein neues Blatt vornehmen, darauf denke ich einen Blumenkranz zu malen, in allen Farben, die meine Palette hat, aber das Blau wird vorwiegen. Die Blumen nehme ich teils aus dem Gedächtnis, teils erfinde ich neue. Übrigens habe ich einmal, vor Jahren, eine Blume erfunden, die es tatsächlich gibt. Es war für meine damalige Geliebte (noch in der Zeit vor Deinem Mondaufgang), und ich gab mir Mühe, eine hübsche und aparte Blume zu erfinden. Ein paar Tage später sah ich dann die gleiche Blume bei einem Blumenhändler, sie hieß Gloxinie, ein etwas anspruchsvoller und gewissermaßen gloxiger Name – aber es war genau die Blume, die ich mir ausgedacht hatte.

(Aus: »Brief an die Freundin«, 1928)

/ DIE ERSTEN BLUMEN /

Neben dem Bach
Den roten Weiden nach
Haben in diesen Tagen
Gelbe Blumen viel
Ihre Goldaugen aufgeschlagen.

Und mir, der längst aus der Unschuld fiel,
Rührt sich Erinnerung im Grunde
An meines Lebens goldene Morgenstunde
Und sieht mich hell aus Blumenaugen an.
Ich wollte Blumen brechen gehn;
Nun laß ich sie alle stehn
Und gehe heim, ein alter Mann.

/ KIND IM FRÜHLING /

So weiß im reichen Maienblust
Die schmucken Bäume stehen,
Es muß die ganze Blütenlust
Im nächsten Wind verwehen.
Auch deine jungen Tage, Kind,
Und deine Lustgebärden,
Sie müssen bald, so hold sie sind,
Verblühn und dunkel werden.
In Schmerzen nur und Dunkelheit
Wird süße Frucht geboren.
Doch ist sie reif, so war kein Leid
Und war kein Weh verloren.

 // Man sollte Bücher nicht mit solchen Gedanken und Fragen lesen, wie Sie es tun. Wenn Sie eine Blume betrachten oder an ihr riechen, so werden Sie ja auch nicht gleich darauf die Blume zerpflücken und zerrupfen, sie untersuchen und mikroskopieren, um herauszukriegen, warum sie so aussehen und so duften muß. Sondern Sie werden eben die Blume, ihre Farben und Formen, ihren Duft, ihr ganzes Dasein in seiner Stille und Rätselhaftigkeit auf sich wirken lassen und in sich aufnehmen. Und Sie werden von dem Blumenerlebnis genau in dem Maß bereichert sein, in dem Sie der stillen Hingabe fähig sind.
So wie mit der Blume sollten Sie es mit den Büchern der Dichter auch machen.

(Aus einem Brief, 5. Oktober 1936)

// Der Alte stand bei den Rosenstämmen; es war Zeit, sie aufzubinden. In den Gürtel der grünen Schürze gesteckt, trug er eine lange, blonde Locke von hellem Bast und in der Hand eine Schere. Mit zögernden Fingern suchte und wählte er in den braunen, dornigen Zweigen, schnitt mit Sorgfalt abgestorbene Spitzen ab und sammelte sie in einen flachen Weidenkorb. Abendliches Sonnenlicht floß warm in schrägen Strahlen zwischen den knospenden, hohen Sträuchern, Flieder und Hasel, herein.

Der Alte hatte auf den Augenblick gewartet; nun tat er Korb und Schere beiseite, trat auf die Abendseite der kleinen Wiese und beging seine einfache Abendfeier, indem er still im strömenden Sonnenfeuer stand und den Magnolienbaum belauschte. Der hielt seine bleichen, weißen Blüten noch weit atmend geöffnet, und von den höchsten Zweigen abwärts überfloß ihn das satte späte Licht, und schnell und zart sprang das abendliche Rosenrot auf jede Blüte. Das müde Weiß glühte in heimlicher Zärtlichkeit auf, und minutenlang hing über dem verzauberten Baume ein magischer Schleier, dünn und wesenlos, und jede bleiche Blume schaute still und warm mit erwachter Seele aus dem sanften Kelch und feierte ihr kleines, banges Fest.

Mit den stillgewordenen Augen betrachtete der Blumenvater freundlich und forschend das bescheidene Wunder, ihm sandte jede Blüte errötend ihren Abendgruß ins Herz, und mit fühlender Teilnahme atmete er die Gerüche der drängenden Jahreszeit, spürte witternd ihre gespannte Bereitschaft und das süße, knospende Erwartungsfieber ungeduldiger Keime.

Die Welt ist kleiner geworden, dachte er mit einem Schein von Lächeln.

(Aus: »Das Haus der Träume«, 1914)

Wind im Gesträuch und Vogelpfiff
Und hoch im höchsten süßen Blau
Ein stilles, stolzes Wolkenschiff …
Ich träume von einer blonden Frau,
Ich träume von meiner Jugendzeit,
Der hohe Himmel blau und weit
Ist meiner Sehnsucht Wiege,
Darin ich stillgesinnt
Und selig warm
Mit leisem Summen liege,
So wie in seiner Mutter Arm
Ein Kind.

// Ich stand auf einem der Felshügel über meiner kleinen Heimatstadt, es roch nach Tauwind und ersten Veilchen, aus dem Städtchen blitzte der Fluß herauf und die Fenster meines Vaterhauses, und das alles blickte, klang und roch so rauschend voll, so neu und schöpfungstrunken, strahlte so farbentief und wehte im Frühlingswinde so überwirklich und verklärt, wie ich einst in den vollsten, dichterischen Stunden meiner ersten Jugend die Welt gesehen hatte. Ich stand auf dem Hügel, der Wind strich mir durchs lange Haar; mit irrender Hand, in träumeri-

sche Liebessehnsucht verloren, riß ich vom eben ergrünen-
den Gebüsch eine junge halboffne Blattknospe, hielt sie vors Auge, roch an ihr (und schon bei diesem Geruch fiel alles von damals mir wieder glühend ein), dann faßte ich das kleine grüne Ding spielend mit den Lippen, die noch immer kein Mädchen geküßt hatten, und begann es zu kauen. Und bei diesem herben, aromatisch bitteren Geschmack wußte ich plötzlich genau, was ich erlebe, alles war wieder da. Ich erlebte eine Stunde aus meinem letzten Knabenjahr wieder, einen Sonntagnachmittag im ersten Frühling, jenen Tag, an dem ich auf meinem einsamen Spaziergang die Rosa Kreisler angetroffen, und sie so schüchtern gegrüßt, und mich so betäubend in sie verliebt hatte.

Damals hatte ich dem schönen Mädchen, das allein und träumerisch bergaufwärts gegangen kam und mich noch nicht sah, voll banger Erwartung entgegengesehen, hatte ihr Haar gesehen, das in dicken Zöpfen aufgebunden war und doch noch zu beiden Seiten der Wangen offne Strähnen hatte, die im Winde spielten und flossen. Ich hatte gesehen, zum erstenmal in meinem Leben, wie schön dies Mädchen war, wie schön und traumhaft dies Spiel des Windes in ihrem zarten Haar, wie schön und sehnsuchtweckend der Fall ihres dünnen blauen Kleides über die jungen Glieder hinab, und ebenso, wie mich mit dem bitter-würzigen Geschmack der zerkauten Knospe die ganze bange süße Lust und Angst des Frühlings durchtränkte, so erfüllte mich beim Anblick des Mädchens die ganze tödliche Ahnung der Liebe, die Ahnung vom Weibe, das erschütternde Vorgefühl ungeheurer Möglichkeiten und Versprechungen, namenloser Wonnen, unausdenklicher Verwirrungen, Ängste und Leiden, innigster Erlösung und tiefster Schuld. O wie brannte der bittre Frühlingsgeschmack auf meiner Zunge! O wie strömte der spielende Wind durch das lose Haar neben ihren roten Wangen! Dann war sie mir nahe gekommen, hatte aufgeblickt und mich erkannt, war einen Augenblick schwach errötet und hatte beiseite geblickt; dann grüßte ich sie, mit gezogenem Konfirmandenhut, und Rosa, alsbald gefaßt, grüßte lächelnd und ein wenig damenhaft zurück, erhobenen Gesichts, und ging langsam, sicher und überlegen weiter, umsponnen von tausend Liebeswünschen, Forderungen und Huldigungen, die ich ihr nachsandte.

So war es einst gewesen, an einem Sonntag vor fünfunddreißig Jahren, und alles Damalige war in diesem Augenblick wiedergekehrt: Hügel und Stadt, Märzwind und Knospengeruch, Rosa und ihr braunes Haar, aufschwellende Sehnsucht und süße würgende Angst. Alles war wie damals, und mir schien, ich habe niemals mehr in meinem Leben so geliebt, wie ich damals Rosa liebte.

(Aus: »Der Steppenwolf«, 1927)

/ LIEBESLIED /

(Mai 1922)

Ich wollt ich wär eine Blume,
Du kämest still gegangen,
Nähmst mich zum Eigentume
In deine Hand gefangen.
Auch wär ich gern ein roter Wein
Und flösse süß durch deinen Mund
Und ganz und gar in dich hinein
Und machte dich und mich gesund.

// Der ferne braune Wald hat seit wenigen Tagen einen heiteren Schimmer von jungem Grün; am Lettensteg fand ich heute die erste halberschlossene Primelblüte; am feuchten klaren Himmel träumen die sanften Aprilwolken, und die weiten, kaum gepflügten Äcker sind so glänzend braun und breiten sich der lauen Luft so verlangend entgegen, als hätten sie Sehnsucht, zu empfangen und zu treiben und ihre stummen Kräfte in tausend grünen Keimen und aufstrebenden Halmen zu erproben, zu fühlen und wegzuschenken. Alles wartet, alles bereitet sich vor, alles träumt und sproßt in einem feinen, zärtlich drängenden Werdefieber – der Keim der Sonne, die Wolke dem Acker, das junge Gras den Lüften entgegen. Von Jahr zu Jahr steh ich um diese Zeit mit Ungeduld und Sehnsucht auf der Lauer, als müßte ein besonderer Augenblick mir das Wunder der Neugeburt erschließen, als müsse es geschehen, daß ich einmal, eine Stunde lang, die Offenbarung der Kraft und der Schönheit ganz sähe und begriffe und miterlebte, wie das Leben lachend aus der Erde springt und junge große Augen zum Licht aufschlägt. Jahr für Jahr auch tönt und duftet das Wunder an mir vorbei, geliebt und angebetet – und unverstanden; es ist da, und ich sah es nicht kommen, ich sah nicht die Hülle des Keimes brechen und den ersten zarten Quell im Lichte zittern. Blumen stehen plötzlich allerorten, Bäume glänzen mit lichtem Laub oder mit schaumig weißer Blust, und Vögel werfen sich jubelnd in schönen Bogen durch die warme Bläue. Das Wunder ist erfüllt, ob ich es auch nicht gesehen habe, Wälder wölben sich, und ferne Gipfel rufen, und es ist Zeit, Stiefel und Tasche, Angelstock und Ruderzeug zu rüsten und sich mit allen Sinnen des jungen Jahres zu freuen, das jedesmal schöner ist, als es jemals war, und das jedesmal eiliger zu schreiten scheint. – Wie lang, wie unerschöpflich lang ist ein Frühling vorzeiten gewesen, als ich noch ein Knabe war!

(Aus: »Aus Kinderzeiten«, 1903)

(1909)

Seit wir, wilde Knabenhorden,
Uns vergnügten in den Gassen,
Ist doch alles schlecht geworden,
Hat doch alles nachgelassen!
Aber nun in diesen Tagen,
Wo die Maienkäfer surren,
Fängt verlorenes Behagen
Wieder in mir an zu schnurren.
Enzian und Kirschenblüte
Zarte blaue Morgenstunden!
Da erholt sich das Gemüte
Frohbewegt von allen Wunden.
Nur die alte Knabenfeindschaft
Allen Mädchen gegenüber
Ist für alle Zeit vorüber –
Ja, sie ward zu lauter Freundschaft.

// Heut vor Tisch habe ich einen kleinen Spaziergang gemacht, so einen lächerlichen städtischen Normalspaziergang, an den Kai, ein Stück weit durch die Anlagen den Zürichsee entlang und bis zu den Vogelkäfigen, wo alle die bunten Vögel zwitschern und sich darüber amüsieren, daß kein Mensch ihre Namen erraten kann, die auf den beigesteckten Bilderkarten so irreführend angegeben sind. Einen hörte ich deutlich vor sich hinsingen:

O wie gut, daß niemand weiß,
Daß ich »Blauer Astrild« heiß'!

Es waren, aus Afrika, kleine hellblaue Märchenvögel da, schillernd wie die kleinen blauen Falter im Sommer im Hochgebirge, wenn sie an einem Rinnsal sitzen und trinken, und in ganzen Wolken auffliegen, wenn man vorübergeht. Bei diesen Vögeln dachte ich an Dich, weil Du sie auch so gern hast, und weil sie alle von Deinen guten, klaren Augen gesehen und geliebt worden sind. Die Sonne schien, doch war der Nordwind kalt, es ist ein Frühling fürs Auge, nicht für die Haut.

(Aus: »Brief an die Freundin«, 1928)

/ BLUME, BAUM, VOGEL /

Bist allein im Leeren,
Glühst einsam, Herz,
Grüßt dich am Abgrund
Dunkle Blume Schmerz.

Reckt seine Äste
Der hohe Baum Leid,
Singt in den Zweigen
Vogel Ewigkeit.

Blume Schmerz ist schweigsam,
Findet kein Wort,
Der Baum wächst bis in die Wolken,
Und der Vogel singt immerfort.

// Heute, am 27. April, ließ der erste Kuckuck sich hören. Es klingt jedes Jahr schöner und unbegreiflicher. Was der Steppenwolf in New Jersey beim Lesen des »Demian« empfindet und hundertmal mehr und Differenzierteres, empfinde ich bei diesem Ruf, denn er bedeutet nicht nur Frühling (der für alte kranke Leute eher eine Tortur ist), er singt nicht nur Liebe und Schöpfungszauber, er ruft mir außerdem siebzig andere Frühlinge ins Gedächtnis, und die siebzig sich langsam ändernden Nuancen und Bedeutungen, die diese Vogelstimme für mich gehabt hat. Heute ist es nicht mehr wie in jungen Jahren die Wandersucht, das unsinnige Verlangen, alles wegzuwerfen und fortzulaufen, südwärts, über die Alpen, durch Italien, nach Sizilien, nach Afrika, nach Indien. Eher ist das, was mir heute der Kuckuck und der Frühling zuruft, eine Erinnerung und Mahnung an den Zustand des Schaffenden, ein heimliches Spielen mit dem Gedanken, nach vieljährigem Schweigen vielleicht doch noch einmal nur Künstler, nur Dichter zu sein, und das große und gefährliche Spiel mit einer dichterischen Konzeption zu wagen. Es ist nur ein Spielen, aber es ist frühlingshaft, ist ebenso innig wie unerträglich Sehnsucht weckend, der Gedanke hat beinahe wieder die Kraft und den Zauber, mit welchem einst Italien, Sizilien, Afrika mir rief. Das ist ein ebenso schöner wie gefährlicher Zustand, einer der nicht lange dauern darf, es wäre nicht zu ertragen.

(Aus einem Brief an Ernst Morgenthaler, 27. April 1950)

// Jetzt, in den ersten Maitagen und dann wieder im Spätherbst, hat die südliche Berglandschaft ihre schönsten Tage. Den ganzen Sommer hindurch sind alle Hügel und niedrigen Berge mit Wald bedeckt. Das ganze Land ist um diese Zeit grün, grün, grün, und wenn nicht überall die farbigen, blank hervorleuchtenden Dörfer dazwischen lägen und von weitem ein paar Schneeberge in die Landschaft hereinblickten, so wäre es beinahe langweilig. Jetzt dagegen, wo die Kastanien eben erst beginnen Blätter zu bekommen, wo der ganze Wald noch leicht durch-

Hesse 25

 sichtig ist, wo die letzten wilden Kirschbäume verblühen und die ersten Akazien zu blühen anfangen, jetzt ist der südliche Wald entzückend mit seinem brennend frischen, ins Rötliche spielenden Grün, das noch so dünn und schwebend ist und noch den Himmel und die Sterne und die fernen Gebirge überall hereinblicken läßt.
König des Waldes ist um diese Zeit der Kuckuck, überall in den stillen einsamen Tälern, auf den sonnigen Waldkuppen, in den schattigen Schluchten hört man seine tiefe Stimme werben. Sein Ruf bedeutet Frühling, sein Lied singt Unsterblichkeit, nicht umsonst ist er es, den man um die Zahl der Lebensjahre fragt. Warm und tief klingt seine Stimme durch die Wälder, sie klingt hier im Alpensüden nicht anders, als sie einst zu meinen Kinderzeiten im Schwarzwald und im Rheintal geklungen hat, nicht anders als sie einst in den Jahren am Bodensee klang, wo meine Söhne sie als Kinder zum erstenmal hörten. Sie ist die gleiche geblieben wie die Sonne, wie der Wald, wie das Grün der jungen Blätter und das Weiß und Violett der ziehenden Maiwolken. Jahr um Jahr ruft der Kuckuck, und niemand weiß, ob es noch der vom vorigen Jahr sei, und was aus den Kuckucken geworden ist, die wir als Kinder, als Knaben, als Jünglinge einst gehört haben. Diese holde tiefe Stimme klang einst wie Verheißung und Zukunft, wie Liebeswerben, wie Sturmruf, dem Glück

entgegen, und klingt jetzt wie Vergangenheit; und dem Kuckuck gilt es gleich, ob wir es sind, denen er seine Mahnung zuruft, oder schon unsere Kinder und Enkel, ob er uns mit seinem Schrei in der Wiege weckt oder ob er über unsern Gräbern singt. Selten sieht man ihn, den scheuen Bruder, schon darum liebe ich ihn. Er zeigt sich nicht leicht, er will für sich bleiben. Für die allermeisten Menschen ist der Kuckuck nichts als diese schöne, tiefe, lokkende Stimme im Grünen – gehört haben sie ihn viele tausendmal, gesehen haben sie ihn nie. Ich habe gestern ein ganzes Rudel von etwa zwölfjährigen Schulknaben gefragt, ob sie den »Kück« schon gesehen hätten, und bloß ein einziger sagte Ja.

Ich aber habe ihn oft gesehen, den scheuen Bruder, meinen frohen Waldvetter, der den meisten unsichtbar bleibt, und von dem so entzückend frische und heimatlose Geschichten erzählt werden. Unsichtbar, beherrscht er doch zwei Monate lang den ganzen Wald als König. Ein tönender, herausfordernder Herold der Liebe, hält er von Ehe, Heim und Kinderzucht wenig. Rufe weiter, Bruder Kuckuck, du gehörst zu meinen Lieblingstieren.

(Aus: »Mai im Kastanienwald«, 1927)

/ FRÜHLING /

(1915)

Am Waldrand tränen die Knospen,
Gelbe Blumen leuchten im fahlen Grün,
Liebesgezwitscher der Vögel
Taumelt trunken im lichten Gehölz,
Und die Kinder irren
Über die Wiesen den Primeln nach,
Singen künftigen Lebens
Wirr geahnte Bedrängnis in lallenden Lauten.
Aber wir Großen
Horchen scharf über den Bergesrand,
Wo der fernen Geschütze Feuer
Schwach und dumpf wie sterbender Pulsschlag zuckt.

Einmal wird Friede sein!
Einmal werden wir mit den Kindern
Kränze tragen zum ernsten Fest,
Kränze auf unvergessene Gräber,
Kränze zur Heimkehr denen,
Deren gebräunte Stirnen der Tod verschonte.
Kränze werden wir tragen
Und Friede wird sein
Im Geläut festlicher Glocken

Einmal – einmal –, und über die stillen Tausende
Wird sich gütig und lächelnd
Mit den vertieften Augen
Die unsterbliche Mutter neigen.

// IM GARTEN

Wer einen Garten hat, für den ist es jetzt Zeit, an die vielen Frühlingsarbeiten zu denken. Da geht man nachdenklich durch die schmalen Wegchen zwischen den leeren Beeten, an deren Nordrändern noch ein klein wenig Schnee liegt und die noch gar nicht frühlingshaft aussehen. Auf den Wiesen, an Bachrändern und am Saum der warmen, steilen Weingärten treibt aber schon mancherlei grünes Leben, es stehen auch schon die ersten gelben Mattenblumen mit schüchtern-frohem Lebensmut im Gras und schauen mit offenen Kinderaugen in die stille, erwartungsvolle Welt. Aber im Garten ist außer den Schneeglöckchen noch alles tot; hier bringt der Frühling weniges von selber, und die nackten Beete warten geduldig auf Pflege und Samen.

Die Spaziergänger und Sonntagsnaturfreunde haben es jetzt wieder gut; sie können umhergehen und dem Wunder der Wiederbelebung vergnügt zuschauen. Sie sehen das Wiesengrün mit frohen farbigen Erstlingsblumen bestickt, die Bäume mit harzigen Knospen besetzt, sie schneiden sich Zweige mit silbernen Palmkätzchen ab, um sie daheim ins Zimmer zu stellen, und betrachten alle die Herrlichkeit mit einem behaglichen Erstaunen darüber, wie leicht und selbstverständlich das zugeht, daß alles zur rechten Zeit kommt und treibt und zu blühen beginnt. Sie haben wohl Gedanken, aber keinerlei Sorgen dabei, da sie nur das Gegenwärtige sehen und weder Nachtfröste noch Engerlinge noch Mäuse noch anderen Schaden zu fürchten brauchen.

Die Gartenbesitzer haben es in diesen Tagen nicht so beschaulich. Sie gehen umher und merken, daß manches versäumt ist, was noch im Winter hätte geschehen können; sie besinnen sich, was denn dies Jahr werden soll, sie betrachten mit Sorge die Beete und Bäume, die sich im vorigen Jahr schlecht gehalten haben, überzählen ihre Vorräte an Samen und Knollen, untersuchen auch das Gartenwerkzeug, finden den Spatenstiel abgebrochen und die Baumschere verrostet. – Natürlich geht es nicht allen so. Die Berufsgärtner haben ihre Gedanken auch den ganzen Winter über bei der Arbeit gehabt, und auch manche emsige Liebhaber und kluge Hausfrauen zeigen sich in allem wohlgerüstet. Bei ihnen fehlt kein Gerätstück, ist kein Messer eingerostet, kein Samenpaket feucht gele-

gen, keine Knolle noch Zwiebel im Keller verfault oder verlorengegangen; auch der ganze Gartenplan fürs neue Jahr ist fertig und durchgedacht, der etwa nötige Dung im voraus bestellt und überhaupt alles musterhaft vorbereitet. Wohl ihnen; sie verdienen Lob und Bewunderung und ihre Gärten werden auch dieses Jahr wieder alle Monate hindurch die unsrigen beschämend überglänzen.
Aber dagegen ist kein Kraut gewachsen. Wir anderen, wir Dilettanten und Faulpelze, wir Träumer und Winterschläfer, sehen uns eben wieder einmal vom Frühling überrascht und betrachten mit Bestürzung, was alles die fleißigeren Nachbarn schon getan haben, während wir ahnungslos in angenehmen Winterträumen lebten. Nun schämen wir uns, es pressiert plötzlich schrecklich, und indem wir dem Versäumten nachlaufen und unsere Scheren schleifen und dringend an die Samenhändler schreiben, gehen schon wieder halbe und ganze Tage ungenützt dahin.
Am Ende sind aber auch wir fertig und greifen zur Arbeit. Die ist nun in den ersten Tagen zwar wieder, wie immer, ahnungsvoll beglückend und erregend, aber auch schwer, und während der erste Schweiß des Jahres an der Stirn quillt und die Stiefel im weichen, schweren Boden einsinken und die Hände am Spatenstiel zu schwellen und weh zu tun beginnen, will uns schon die harmlose, zarte Märzensonne fast ein wenig zu warm vorkommen. Müde und

mit schmerzendem Rücken kehren wir nach ein paar sauren Stunden ins Haus zurück, wo uns die Ofenwärme ganz wunderlich fremd und komisch anmutet, und sitzen den Abend bei Lampenlicht über unserem Gartenbuch, das so viele verlockende Dinge und Kapitel enthält, aber auch von vielen herben und unlustigen Arbeiten erzählt. Immerhin, die Natur ist gütig und es wird am Ende auch im Garten des Bequemen ein Beet voll Spinat, ein Beet voll Lattich, ein wenig Obst und zur Augenweide ein fröhlicher Sommerflor gedeihen.

Beim ersten mühsamen Umgraben des Bodens erscheinen Engerlinge, Käfer, Larven und Gespinste, die wir mit frohem Grimm vertilgen. In vertraulicher Nähe aber singt die Amsel und plaudern die Meisen. Die Sträucher und Bäume haben gut überwintert, ihre braunen Knospen lachen fett und verheißungsvoll, die Rosenstämmlein wanken leise im Winde und nicken in Träumen zukünftiger Herrlichkeit. Mit jeder Stunde wird das alles uns wieder mehr vertraut, wir ahnen überall den Sommer, und wir schütteln den Kopf und begreifen nicht mehr, wie wir den langen dumpfen Winter haben aushalten können. Ist es nicht ein Elend: fünf lange dunkle Monate ohne Garten, ohne Duft, ohne Blumen, ohne grünes Laub! Aber nun beginnt das alles wieder, und wenn auch heute der Garten noch öde liegt, so ist für den, der darin arbei-

tet, doch alles im Keim und in der Vorstellung schon da. / 53
Die Beete haben Leben, hier wird lichtgrüner Lattich stehen, da die lustigen Erbsen, dort die Erdbeeren. Wir ebnen den gegrabenen Boden, ziehen schöne glatte Reihen nach der Schnur, worein die Samen kommen sollen, und in den Blumenrabatten verteilen wir voraussehend die Farben und Formen, häufen Blau und Weiß, schmettern ein lachendes Rot dazwischen, säumen die Pracht hier mit Vergißmeinnicht und dort mit Reseden ein, sparen nicht mit dem leuchtenden Kapuziner und lassen auch, an einen sommerlichen Imbiß und Weintrunk denkend, hier und dort Platz für ein Büschel Radieschen.

Und mit der fortschreitenden Arbeit legen sich die törichten Freudewogen und werden ruhig, und wunderlich ergreift uns dies kleine, harmlose Gartenwesen mit Anklängen und Gedanken anderer Art. Es ist ja etwas von Schöpferlust und Schöpferübermut beim Gartenbau; man kann ein Stückchen Erde nach seinem Kopf und Willen gestalten, man kann sich für den Sommer Lieblingsfrüchte, Lieblingsfarben, Lieblingsdüfte schaffen. Man kann ein kleines Beet, ein paar Quadratmeter nackten Bodens zu einem Gewoge von Farben, zu einem Augentrost und Paradiesgärtlein machen. Allein es hat doch seine engen Grenzen. Schließlich muß man mit allen Gelüsten und aller Phantasie doch wollen, was die Natur will, und muß sie machen und sorgen lassen. Und die Natur ist unerbittlich. Sie läßt sich etwas abschmeicheln, läßt sich scheinbar einmal überlisten, aber nachher fordert sie desto strenger ihr Recht.

Man kann als Lustgärtner in den paar allzu kurzen warmen Monaten viel beobachten. Wenn man will und dazu veranlagt ist, sieht man nichts als Fröhliches: Überschwang der Erdkraft im Zeugen und Bilden, Spiellaune und Phantasie der Natur in Gebilden und Farben, lustiges Kleinleben mit manchen Anklängen ans Menschliche, denn es gibt auch unter den Gewächsen gute und schlechte Haushalter, Sparer und Verschwender, stolz Genügsame und Schmarotzer. Es gibt Pflanzen, deren Art und Leben philiströs und hausbacken ist, und andere, die es recht wie Herren und Genießer treiben; es gibt unter ihnen gute Nachbarn und schlimme, Freundschaften und Abneigungen. Es gibt Gewächse, die treiben und leben und sterben wild und zügellos und ohne Maß, und es gibt arme Benachteiligte, die hungern sich kümmerlich durch ein blasses und schweres Dasein. Manche zeugen, vermehren sich und wuchern mit einer fabelhaften Üppigkeit, anderen muß man die Nachkommenschaft mühsam entlocken.

Erstaunlich und bedenklich ist mir immer die ungeheure Schnelligkeit und Hast, mit welcher so ein Gartensommer kommt und geht. Ein paar Monate – und in dieser kurzen Zeit wachsen, brüsten sich, leben, welken und sterben in den Beeten die Geschlechter. Kaum ist so ein Beet voll junger Kräutchen gepflanzt, begossen, gedüngt, da treibt es schon und wächst und tut groß mit seinem vergänglichen Gedeihen – und kaum, daß der Mond zwei-, dreimal wechselt, da ist die junge Pflanzung schon alt und hat ihren Zweck erfüllt, wird ausgerottet und muß neuem Leben Platz machen. Bei keiner Beschäftigung und bei keinem Nichtstun geht ein Sommer so erschrekkend rasch und eilig dahin wie beim Gärtnern.

Und dann ist in einem Garten der enge Kreislauf alles Lebens noch enger und deutlicher und einleuchtender zu sehen als irgendwo sonst. Kaum hat das Gartenjahr begonnen, so gibt es auch schon Abfälle, Leichen, abgeschnittene Triebe, gestutzte Stengel, erstickte oder sonst umgekommene Pflanzen, und jede Woche werden es mehr. Sie kommen alle zusammen mit dem Küchenabfall, mit Äpfel-, Zitronen- und Eierschalen und allerlei Kehricht auf den Dunghaufen; ihr Welken und Vergehen und Verwesen ist nicht gleichgültig, es wird bewacht und nichts wird weggeworfen. Sonne, Regen, Nebel, Luft, Kälte zersetzen den unschönen Haufen, den der Gärtner sorgfältig bewahrt, und kaum ist wieder ein Jahr um und ein Gartensommer verblüht, so sind alle die Leichen schon verwest und kommen wieder in den Boden, den sie fett und schwarz und fruchtbar machen müssen, und es geht wieder nicht lange, so steigen aus dem trüben Schutt und Tod von neuem Keime und Sprossen, so kehrt das Faule und Aufgelöste mit Macht in neuen, schönen, farbigen Gestalten wieder. Und der ganze, einfache und sichere Kreislauf, der dem Menschen so viel und schwer zu denken gibt und an dem alle Religionen ahnungsvoll verehrend deuten, geht in jedem kleinen Gärtchen so still und rasch und deutlich vor sich. Kein Sommer, der sich nicht vom Tode des vorigen nährt. Und kein Gewächs, das nicht ebenso still und sicher zu Erde wird, wie es aus Erde zur Pflanze ward.

In meinem kleinen Garten säe ich mit froher Frühlingserwartung Bohnen und Salat, Reseden und Kressen und dünge sie mit den Resten ihrer Vorgänger, denke an diese zurück und an die kommenden Pflanzengeschlechter voraus. Wie jedermann nehme ich diesen wohlgeordneten Kreislauf hin als eine selbstverständliche und im Grunde innig schöne Sache; und nur zuweilen kommt es mir im Säen und Ernten für Augenblicke in den Sinn, wie merkwürdig es doch ist, daß von allen Geschöpfen der Erde nur allein wir Menschen an diesem Lauf der Dinge etwas auszusetzen haben und mit der Unsterblichkeit aller Dinge nicht zufrieden sind, sondern für uns eine persönliche, eigene, besondere haben wollen.

(1908)

/ GÄRTNER TRÄUMT /

(Für Ninon am 1. Juli 1933)

Was hat die Traumfee in der Wunderbüchse?
Vor allem ein Gebirg von bestem Mist!
Dann einen Weg, auf dem kein Unkraut wüchse,
Ein Katzenpaar, das keinen Vogel frißt.

Ein Pulver auch, mit dem bestreut, alsbald
Blattläuse sich in Rosenflor verwandeln,
Robinien jedoch zum Palmenwald,
Mit dessen Ernte wir gewinnreich handeln.

O Fee, und mache, daß uns Wasser flösse
An jedem Ort, den wir bepflanzt, besät;
Gib uns Spinat, der nie in Blüten schösse,
Und einen Schubkarrn, der von selber geht!

Und eines noch: ein sicheres Mäusegift,
Den Wetterzauber gegen Hageltücken,
Vom Stall zum Hause einen kleinen Lift,
Und jeden Abend einen neuen Rücken.

Im Grase hingestreckt,
Lausch ich der Halme zartem Wald,
Der flüstert wirr und hat mir bald
Den Himmel fast verdeckt.

Es kommt die Zeit heran,
Da weiß ich nichts von Leide mehr,
Und schmerzt es heute noch so sehr,
Alsdann ist es vertan.

Dann kreist mein heißes Blut
Gekühlt und licht in Halm und Klee,
Und dieser Stunde grimmes Weh
Ist still, ist kühl, ist gut.

Den meine Sehnsucht spinnt,
Der Traum wird eine Blume sein.
In seinem Dufte schlaf ich ein,
Ein heimgekehrtes Kind.

/ MÄRZ /

Seele, laß das Trauern,
Ob die Sonne auch noch trügt!
Schau, sogar die Bauern
Regen sich und sind vergnügt.

/ APRIL /

Nun mache deine Augen klar
Und hege Lust im Herzen;
Der dich noch trog im Märzen,
Der liebe Frühling wird nun wahr.

/ MAI /

Jüngling, fühle in der Brust
Minneleid und Minnelust,
Aber glaube nicht zu haben
Mehr Gefühl als andre Knaben!

Wipfel wehn in dunklem Feuer,
Im vertrauensvollen Blau
Zeigt sich kindlicher und neuer
Alles aufgetan zur Schau.
Alte oftbegangne Stufen
Schmeicheln klug den Berg hinan,
Von verbrannter Mauer rufen
Frühste Blumen zart mich an.
Bergbach wühlt in grünen Kressen,
Felsen tropft und Sonne leckt,
Sieht mich willig zu vergessen,
Daß die Fremde bitter schmeckt.

// Vor einigen Jahren war im Tessin noch Mittelalter, war hier noch Paradies und Südsee. Jetzt ist das Tessin erobert von Berlin und Frankfurt, von Cook und Baedeker und wenn jemand von der Überbevölkerung der Erde sich ein deutliches Bild machen will, so muß er nicht an ein Rennen in Karlshorst gehen, denn dort ist ja Platz genug.

Die Ankunft in Lugano war nicht entzückend. Die Übervölkerung hat mir seit langem nicht mehr so übel entgegengeschrien wie hier, wo um die Zeit der Ostern sich die Fremden zusammenscharen wie die Heuschrecken. In dem kleinen Lugano sind ein Viertel der Einwohner von Berlin, ein Drittel von Zürich, ein Fünftel von Frankfurt und Stuttgart anzutreffen; auf den Quadratmeter kommen etwa zehn Menschen, täglich werden viele erdrückt, und dennoch spürt man keine Abnahme, nein jeder ankommende Schnellzug bringt fünfhundert bis tausend neue Gäste.

Diese Fremden sind selbstverständlich reizende Menschen, sie sind wohlerzogen, unendlich bescheiden, sie nehmen mit unendlich Wenigem vorlieb, zu dreien schlafen sie in einer Badewanne oder auf dem Ast eines Apfelbaumes, atmen dankbar und ergriffen den Staub der Autostraßen ein, blicken durch große Brillen aus bleichen Gesichtern klug und dankbar auf die blühenden Wiesen, welche ihretwegen mit Stacheldraht umzäunt sind, während sie noch vor einigen Jahren frei und vertraulich in der Sonne lagen, von kleinen Fußwegen durchzogen. Es sind reizende Menschen, diese Fremden, wohlerzogen, dankbar, unendlich bescheiden, sie überfahren einander gegenseitig mit ihren Autos, ohne zu klagen, irren tagelang von Dorf zu Dorf, um ein noch freies Bett zu suchen, vergebens natürlich; sie photographieren und bewundern die in längst verschollene Tessiner Trachten gekleideten Kellnerinnen der Weinlokale und versuchen italienisch mit ihnen zu reden, sie finden alles reizend und entzückend, und merken gar nicht, wie sie da, Jahr um Jahr mehr, eine der wenigen im mittlern Europa noch vorhandenen Paradiesgegenden eiligst in eine Vorstadt von Berlin verwandeln. Jahr um Jahr vermehren sich die Autos, werden die Hotels voller, auch noch der letzte, gutmütigste alte Bauer wehrt sich gegen die Touristenflut, die ihm seine Wiesen zertritt, mit Stacheldraht, und eine Wiese um die andre, ein schöner, stiller Waldrand um den andern geht verloren, wird Bauplatz und eingezäunt. Das Geld, die Industrie, die Technik, der moderne Geist haben sich längst auch dieser vor kurzem noch zauberhaften Landschaft bemächtigt, und wir alten Freunde, Kenner und Entdekker dieser Landschaft gehören mit zu den unbequemen altmodischen Dingen, welche an die Wand gedrückt und ausgerottet werden. Der letzte von uns wird sich am letzten alten Kastanienbaum des Tessins, am Tag, eh der Baum im Auftrag eines Bauspekulanten gefällt wird, aufhängen.

Einstweilen allerdings genießen wir noch einen bescheidenen Schutz. Erstens gibt es im Lande noch einige Gegenden, in welchen der Typhus häufig auftritt (im vorigen Jahr ist ein Freund von mir samt seiner Frau in seinem Tessiner Dorf daran gestorben), und zweitens geht noch immer die Sage, die Luganer Landschaft sei am schönsten im April (wo meistens die alljährliche Regenzeit ist), und im Sommer sei es hier vor Hitze nicht auszuhalten. Nun, den Sommer mit seiner schönen Hitze gönnt man uns vorerst noch, und wir sind dessen froh. Jetzt aber, im Frühling, drücken wir ein Auge zu, oft auch beide, halten unsre Haustüren gut verschlossen und sehen hinter geschlossenen Läden hervor der schwarzen Menschenschlange zu, die sich, ein fast ununterbrochener Heerwurm, Tag für Tag durch alle unsre Dörfer zieht und ergreifende Massenandachten vor den Resten einer einst wahrhaft schön gewesenen Landschaft begeht.

Wie voll es doch auf der Erde geworden ist! Wohin ich blicke neue Häuser, neue Hotels, neue Bahnhöfe, alles vergrößert sich, überall wird ein Stockwerk aufgebaut; irgendwie auf Erden eine Stunde lang zu spazieren, ohne auf Menschenscharen zu stoßen, scheint nicht mehr möglich. Auch nicht in der Wüste Gobi, auch nicht in Turkestan. [...]

In [...] köstlichen Büchern lese ich, in meiner Klause eingeschlossen, während draußen die Primeln und Anemonen blühen und der dunkle Schwarm der Fremden sich durchs Gefilde bewegt. Weil es heute Mode ist, zu Ostern in Lugano zu sein, sind sie hier. In zehn Jahren werden sie in Mexiko oder Honduras sein. Wenn es Mode wäre, schöne Gedichte und Geschichten zu lesen, würden sie sich auf die obengenannten Bücher stürzen. Das überlassen sie jedoch mir, ich funktioniere als stellvertretender Leser für Millionen. Dafür werde ich dann im Sommer, wenn hier die berüchtigte Hitze ausbricht, auf unsern kleinen Wald- und Wiesenwegen wieder Raum haben und gehen und atmen können. Dann sind die Fremden zu Hause in Berlin oder im Hochgebirge oder weiß Gott wo, immer aber da, wo sie sich mit ihresgleichen ums letzte leere Bett streiten und im Staub ihrer eignen Autos husten und blinzeln müssen. Sonderbare Welt. Nie werde ich sie verstehen.

(Aus: »Rückkehr aufs Land«, 1927)

/ SCHWEIZER FRÜHLING /

O wie sind heut die Berge schön!
Der feuchte blaue Himmel lacht,
Und durch die Täler braust mit Macht
Von Süden her der wilde Föhn.
Der ferne Jura blaut wie Samt
Aus dunstig weißer Fläche her,
Auf allen Alpen ist ein Meer
Von silberweißem Licht entflammt.

Der mondelange Winter wich,
Schon manchem grünen Hang hinan
Blüht Knabenkraut und Enzian –
Nun, meine Seele, freue dich!

/ TOSKANISCHER FRÜHLING /

Nun kommt die Zeit der großen Anemonen,
Mit denen alle Raine sich bekränzen;
In warmen Gärten reifen die Limonen;
Die Mauern dampfen und die Hügel glänzen.
Schon such ich wieder die Cypressenschatten
Und dehne träg im Grase meine Glieder
Und labe mich im lauen Duft der Matten
Und summe meine deutschen Frühlingslieder.
Ermüdet streift mein Blick die weißen Villen,
Die heißen Straßen und die gelben Felder;
Mein Herz ist nicht dabei – es denkt im stillen
An Lindenduft und deutsche Buchenwälder.

// Der arme karge Bergfrühling, der so viele Feinde und ein so bedrängtes Leben hat, er will doch leben und arbeiten und sich fühlen! Und solange nichts anderes zu tun und an kein Gras und keine Biene, an keine Schlüsselblume und keine kleinste Ameise zu denken ist, so lange spielt der Frühling, wie ein Knabe, begnügsam und eifrig mit dem wenigen, was da ist.

Und jetzt beginnt sein süßestes Spiel. Er hat nichts als die Hütte und ihren winzigen Umkreis, alles andere liegt noch tief begraben. Da hält er sich an das einzige Lebende, was da ist, an das Holz. Er spielt mit dem Holz der Balken und der Türe, mit den Brettern und Schindeln, mit den Hackblöcken und Wurzelstöcken unterm Bretterdach. Er tränkt sie mit Mittagssonne, daß sie durstig werden, er läßt sie Tauwasser trinken, er öffnet ihre verschlafenen Poren, und das Holz, das eben noch tot und ewig vom Kreislauf der Verwandlungen ausgestoßen schien, beginnt Leben zu spüren, Erinnerung an Baum und Sonne, an Wachstum und ferne Jugend. Es atmet schwach in seinem Traum, es saugt verlangend Feuchtigkeit und Sonne, es dehnt sich in erstarrten Fasern, knackt hier und dort und rührt sich träge. Und da ich mich auf die Bretter lege und einzuschlummern beginne, kommt mir aus den halbtoten Hölzern ein wunderbar leichter, inniger Duft entgegen, schwach und kindlich voll von der rührenden Unschuld der Erde, von Frühlingen und Sommern, von Moos und Bach und Tiernachbarschaft.

(Aus: »Von einer Sennhütte im Berner Oberland«, 1914)

Primeln quellen saftig im lichten Gekräut,
Amselweibchen lassen sich zögernd jagen,
Wiesen duften nach kommenden Veilchentagen,
Hinterm Wald irrt spielend ein helles Ziegengeläut.
Im Nachbargut kommt aus offenen Fenstern
ein Klang,
Schwillt herüber, Klavier und Mädchenstimme,
und zieht
Meine Sinne und Seele uralte Wege entlang,
Mitten im Frühlingsmittag ein Schubertlied.
All dies ist ewig und wird für immer bestehen,
Süßes Menschenlied und trunkener Bienenflug,
Knabengeheul im Wind von den fernen Alleen,
Primeln goldig im Gras und zärtlicher Wolkenzug.
All dies ist ewig, wird immerzu wiederkehren,
Wenn die Kanonen verbrummt und verrostet sind.
Spiele weiter und singe, sing, Nachbarkind,
Dieser lieben Erde und ihrem Frühling zu Ehren.

Jetzt stehen wieder die kleinen klaren Tränen an den harzigen Blattknospen, und erste Pfauenaugen tun im Sonnenlicht ihr edles Samtkleid auf und zu, die Knaben spielen mit Kreiseln und Steinkugeln. Die Karwoche ist da, voll und übervoll von Klängen und beladen mit Erinnerungen, an grelle Ostereierfarben, an Jesus im Garten Gethsemane, an Jesus auf Golgatha, an die Matthäuspassion, an frühe Begeisterungen, erste Verliebtheiten, erste Jünglingsmelancholien. Anemonen nicken im Moos, Butterblumen glänzen fett am Rand der Wiesenbäche.

Einsamer Wanderer, unterscheide ich nicht zwischen den Trieben und Zwängen meines Innern und dem Konzert des Wachstums, das mich mit tausend Stimmen von außen umgibt. Ich komme aus der Stadt, ich bin nach sehr langer Zeit wieder einmal unter Menschen gewesen, in einer Eisenbahn gesessen, habe Bilder und Plastiken gesehen, habe wunderbare neue Lieder von Othmar Schoeck gehört. Jetzt weht der frohe leichte Wind mir übers Gesicht, wie er über die nickenden Anemonen weht, und indem er Schwärme von Erinnerungen in mir aufweht wie Staubwirbel, klingt mir Mahnung an Schmerz und Vergänglichkeit aus dem Blut ins Bewußtsein. Stein am Weg, du bist stärker als ich! Baum in der Wiese, du wirst

mich überdauern, und vielleicht sogar du, kleiner Himbeerstrauch, und vielleicht sogar die rosig behauchte Anemone.
Einen Atemzug lang spüre ich, tiefer als je, die Flüchtigkeit meiner Form und fühle mich hinübergezogen zur Verwandlung, zum Stein, zur Erde, zum Himbeerstrauch, zur Baumwurzel. An die Zeichen des Vergehens klammert sich mein Durst, an Erde und Wasser und verwelktes Laub. Morgen, übermorgen, bald, bald bin ich du, bin ich Laub, bin ich Erde, bin ich Wurzel, schreibe nicht mehr Worte auf Papier, rieche nicht mehr am prächtigen Goldlack, trage nicht mehr die Rechnung des Zahnarztes in der Tasche, werde nicht mehr von gefährlichen Beamten um den Heimatschein gequält, schwimme, Wolke im Blau, fließe, Welle im Bach, knospe, Blatt am Strauch, bin in Vergessen, bin in tausendmal ersehnte Wandlung getaucht.
Zehnmal und hundertmal noch wirst du mich wieder einfangen, bezaubern und einkerkern, Welt der Worte, Welt der Meinungen, Welt der Menschen, Welt der gesteigerten Lust und der fiebernden Angst. Tausendmal wirst du mich entzücken und erschrecken, mit Liedern, am Flügel gesungen, mit Zeitungen, mit Telegrammen, mit Todesnachrichten, mit Anmeldeformularen und all deinem tollen Kram, du Welt voll Lust und Angst, holde Oper voll

 melodischen Unsinns! Aber niemals mehr, gebe es Gott, wirst du mir ganz verlorengehen, Andacht der Vergänglichkeit, Passionsmusik der Wandlung, Bereitschaft zum Sterben, Wille zur Wiedergeburt. Immer wird Ostern wiederkehren, immer wieder wird Lust zu Angst, Angst zu Erlösung werden, wird ohne Trauer mich das Lied der Vergänglichkeit auf meinen Wegen begleiten, voll Ja, voll Bereitschaft, voll Hoffnung.

(1920)

/ KARFREITAG /

Verhangener Tag, im Wald noch Schnee,
Im kahlen Holz die Amsel singt:
Des Frühlings Atem ängstlich schwingt,
Von Lust geschwellt, beschwert von Weh.

So schweigsam steht und klein im Gras
Das Krokusvolk, das Veilchennest,
Es duftet scheu und weiß nicht was,
Es duftet Tod und duftet Fest.

Baumknospen stehn von Tränen blind,
Der Himmel hängt so bang und nah,
Und alle Gärten, Hügel sind
Gethsemane und Golgatha.

// An Ostern hörte ich am Radio auch dies Jahr wieder die Matthäus-Passion. Diese sakrale Feier erlebe ich jedesmal etwas anders, denn bis in meine Knabenjahre zurück, wo ich das von der Mutter mitgegebene Stückchen Schokolade längst vor dem Ende des ersten Teiles schon aufgegessen hatte und die vielen Wiederholungen in den Arien und Chören, zumal im Schlußchor, nur mit Ungeduld ertrug, da ich so langem passivem Stillsitzen noch nicht gewachsen war, hat dies Erlebnis so viele Vorgänger, daß die Erinnerungen in ganzen Schwärmen kommen und einander überschneiden. […]
Von allen christlichen Festen ist seit Jahrzehnten Ostern das einzige, das ich noch mit Gefühlen der Frömmigkeit und Ehrfurcht erlebe, es gehört zu diesem Fest die zage Süßigkeit des Frühlingsanfangs ebenso wie die Erinnerung an die Eltern und an das Eiersuchen unter den Fliederbüschen im Gärtchen, die Musik Bachs nicht minder als die Stimmung um die Zeit meiner Konfirmation, den Streit zwischen der Ehrfurcht vor der Frömmigkeit meiner El-

 tern und ersten Mißgefühlen und Einwänden gegen den formulierten und kirchlich gebundenen Glauben. Dieses Hin und Wider zwischen Ehrfurcht und Revolte klingt, über so viele Jahrzehnte hinweg, auch bei jedem Wiederhören der Bachschen Passionen leise wieder in mir an, bald wehmütig, bald ironisch betont. Meine Ehrfurcht ist dann beim Leiden Jesu, bei seinem Ringen in Gethsemane, und meine Kritik wendet sich gegen einige Stellen des Textes und namentlich gegen die Jünger. Nicht nur, daß sie schliefen, während ihr Meister einsam den letzten Kampf kämpfte! Das Schlafen war am Ende verständlich, es war verzeihlich, es kam nicht nur aus Trägheit und aus Furcht vor dem schwer Ertragbaren, es hatte auch etwas Kindliches und Naturhaftes. Aber daß der eine Jünger seinen Meister verriet, der andre, der »Fels«, ihn verleugnete, und daß aus ihrem Kreise jene überhitzte, Zerwürfnis und Rangstreit nicht ausschließende Stimmung von Wundersucht, Legendenbildung und Kirchengründertum entstand, das hat mich zu gewissen Zeiten meines Lebens sehr gegen die Jünger eingenommen, und einige Male, es ist lange her, hat diese kritische Einstellung mir sogar die Feierstimmung beim Hören der Passion etwas beeinträchtigt. Als wären die Jünger in Bachs Passionen oder in den Kreuzigungsgruppen der Maler und Bildschnitzer wirklich dieselben wie die der protestantischen Dogmengeschichte und Bibelkritik! Als hätte ich nicht beim Hören des Berichtes über Petri Verleugnung dessen Angst, Verwirrung und seine furchtbare Scham und Reue noch weit besser nach- und mitempfinden können als das Leiden Jesu! Doch war jene Beeinträchtigung meiner Andacht durch das Mitwirken kritischer Antriebe ja nichts anderes als das Zucken in einer Narbe, die einst eine Wunde gewesen war.

(Aus: »Notizblätter um Ostern«, 1954)

/ DER DUFT DER NARZISSEN
ist herb im Grund und dennoch zart,
wenn er mit Erdgeruch gepaart,
vom lauen Mittagswind gefaßt,
durchs Fenster kommt als stiller Gast.

Ich habe drüber nachgedacht –
das ists, was ihn so köstlich macht:
daß er der Erstling jedes Jahr
im Garten meiner Mutter war.

76 / // Die eigentliche Blumenzeit dieses Frühlings war regenlos, von den ersten Primeln bis zu den ersten Anemonen und Kamelien war die Erde dürr und staubig und immer wieder vom beharrlichen Nordföhn bestrichen, nachts sah man zuweilen Waldbrände in langen Feuerzeilen die Berge hinankriechen, und es war rührend und mitleiderregend, wie trotz allem aus dem harten starren Boden die Tausende und Tausende von Veilchen, der Krokus, der Blausterne, des Augentrost, der Taubnessel hervorkamen, wie sie die kleinen zarten Köpfchen dem erbarmungslosen Nordwinde hinhielten, trotz allem lachend und üppig in ihrer zahllosen Menge. Nur das Grün hielt sich zurück, im Wald wie auf den Wiesen, einzig der Bambus am Rand meines kleinen Gehölzes wehte mit lichtem jungem Grün.

Der Frühling ist für die meisten alten Leute keine gute Zeit; er setzte auch mir gewaltig zu. Die Pülverchen und ärztlichen Spritzen halfen wenig; die Schmerzen wuchsen üppig wie die Blumen im Gras, und die Nächte waren schwer zu bestehen. Dennoch brachte beinahe jeder Tag in den kurzen Stunden, die ich draußen sein konnte, Pausen des Vergessens und der Hingabe an die Wunder des Frühlings, und zuweilen Augenblicke des Entzückens und der Offenbarung, deren jede des Festhaltens wert wäre, wenn es nur eben ein Festhalten gäbe, wenn diese

Wunder und Offenbarungen sich beschreiben und weitergeben ließen. Sie kommen überraschend, dauern Sekunden oder Minuten, diese Erlebnisse, in denen ein Vorgang im Leben der Natur uns anspricht und sich uns enthüllt, und wenn man alt genug ist, kommt es einem dann so vor, als sei das ganze lange Leben mit Freuden und Schmerzen, mit Lieben und Erkennen, mit Freundschaften, Liebschaften, mit Büchern, Musik, Reisen und Arbeiten nichts gewesen als ein langer Umweg zur Reife dieser Augenblicke, in welchen im Bilde einer Landschaft, eines Baumes, eines Menschengesichtes, einer Blume sich Gott uns zeigt, sich der Sinn und Wert alles Seins und Geschehens darbietet. Und in der Tat: Haben wir auch vermutlich in jungen Jahren den Anblick eines blühenden Baumes, einer Wolkenformation, eines Gewitters heftiger und glühender erlebt, so bedarf es für das Erlebnis, das ich meine, doch eben des hohen Alters, es bedarf einer unendlichen Summe von Gesehenem, Erfahrenem, Gedachtem, Empfundenem, Erlittenem, es bedarf einer gewissen Verdünnung der Lebenstriebe, einer gewissen Hinfälligkeit und Todesnähe, um in einer kleinen Offenbarung der Natur den Gott, den Geist, das Geheimnis wahrzunehmen, den Zusammenfall der Gegensätze, das große Eine. Auch Junge können das erleben, gewiß, aber seltener, und ohne diese Einheit von Empfindung und

 Gedanke, von sinnlichem und geistigem Erlebnis, von Reiz und Bewußtsein.

Noch während unseres trockenen Frühlings, ehe die Regenfälle und die Reihe von Gewittertagen kamen, hielt ich mich öfters an einer Stelle meines Weinbergs auf, wo ich um diese Zeit auf einem Stück noch nicht umgegrabenen Gartenbodens meine Feuerstelle habe. Dort ist in der Weißdornhecke, die den Garten abschließt, seit Jahren eine Buche gewachsen, ein Sträuchlein anfangs aus verflogenem Samen vom Walde her, mehrere Jahre hatte ich es nur vorläufig und etwas widerwillig stehenlassen, es tat mir um den Weißdorn leid, aber dann gedieh die kleine zähe Winterbuche so hübsch, daß ich sie endgültig annahm, und jetzt ist sie schon ein dickes Bäumchen und ist mir heute doppelt lieb, denn die alte mächtige Buche, mein Lieblingsbaum im ganzen benachbarten Wald, ist kürzlich geschlagen worden, schwer und gewaltig liegen drüben noch wie Säulentrommeln die Teile ihres zersägten Stammes. Ein Kind jener Buche ist wahrscheinlich mein Bäumchen.

Stets hat es mich gefreut und mir imponiert, mit welcher Zähigkeit meine kleine Buche ihre Blätter festhält. Wenn alles längst kahl ist, steht sie noch im Kleide ihrer welken Blätter, den Dezember, den Januar, den Februar hindurch, Sturm zerrt an ihr, Schnee fällt auf sie und tropft wieder von ihr ab, die dürren Blätter, anfangs dunkelbraun, werden immer heller, dünner, seidiger, aber der Baum entläßt sie nicht, sie müssen die jungen Knospen schützen. Irgend einmal dann in jedem Frühling, jedesmal später, als man es erwartete, war eines Tages der Baum verändert, hatte das alte Laub verloren und statt seiner die feucht beflognen, zarten neuen Knospen aufgesetzt. Diesmal nun war ich Zeuge dieser Verwandlung. Es war, bald nachdem der Regen die Landschaft grün und frisch gemacht hatte, eine Stunde am Nachmittag, um die Mitte des April, noch hatte ich in diesem Jahr keinen Kuckuck gehört und keine Narzisse in der Wiese entdeckt. Vor wenigen Tagen noch war ich bei kräftigem Nordwind hier gestanden, fröstelnd und den Kragen hochgeschlagen, und hatte mit Bewunderung zugesehen, wie die Buche gleichmütig im zerrenden Winde stand und kaum ein Blättchen hingab; zäh und tapfer, hart und trotzig hielt sie ihr gebleichtes altes Laub zusammen.

Und jetzt, heute, während ich bei sanfter windstiller Wärme bei meinem Feuer stand und Holz brach, sah ich es geschehen: es erhob sich ein leiser sanfter Windhauch, ein Atemzug nur, und zu Hunderten und Tausenden wehten die so lang gesparten Blätter dahin, lautlos, leicht, willig, müde ihrer Ausdauer, müde ihres Trotzes und ihrer Tapferkeit. Was fünf, sechs Monate festgehalten und Widerstand geleistet hatte, erlag in wenigen Minuten einem Nichts, einem Hauch, weil die Zeit gekommen, weil die bittere Ausdauer nicht mehr nötig war. Hinweg stob und flatterte es, lächelnd, reif, ohne Kampf. Das Windchen war viel zu schwach, um die so leicht und dünn gewordenen kleinen Blätter weit weg zu treiben, wie ein leiser Regen rieselten sie nieder und deckten Weg und Gras zu Füßen des Bäumchens, von dessen Knospen ein paar wenige schon aufgebrochen und grün geworden waren. Was hatte sich mir nun in diesem überraschenden und rührenden Schauspiel offenbart? War es der Tod, der leicht und willig vollzogene Tod des Winterlaubes? War es das Leben, die drängende und jubelnde Jugend der Knospen, die sich mit plötzlich erwachtem Willen Raum geschaffen hatte? War es traurig, war es erheiternd? War es eine Mahnung an mich, den Alten, mich auch flattern und fallen zu lassen, eine Mahnung daran, daß ich vielleicht Jungen und Stärkeren den Raum wegnahm? Oder war es eine Aufforderung, es zu halten wie das Buchenlaub, mich so lang und zäh auf den Beinen zu halten wie nur möglich, mich zu stemmen und zu wehren, weil dann, im rechten Augenblick, der Abschied leicht und heiter sein werde? Nein, es war, wie jede Schauung, ein Sichtbarwerden des Großen und Ewigen, des Zusammenfalls der Gegensätze, ihres Zusammenschmelzens im Feuer der Wirk-

 lichkeit, es bedeutete nichts, mahnte zu nichts, vielmehr es bedeutete alles, es bedeutete das Geheimnis des Seins, und es war schön, war Glück, war Sinn, war Geschenk und Fund für den Schauenden, wie es ein Ohr voll Bach, ein Auge voll Cézanne ist. Diese Namen und Deutungen waren nicht das Erlebnis, sie kamen erst nachher, das Erlebnis selbst war nur Erscheinung, Wunder, Geheimnis, so schön wie ernst, so hold wie unerbittlich. –

Am selben Ort, bei der Weißdornhecke und nahe der Buche, nachdem inzwischen die Welt saftig grün geworden und am Ostersonntag der erste Kuckucksruf in unserem Walde erklungen war, an einem der laufeuchten, wechselvollen, windbewegten Gewittertage, die schon den Sprung vom Frühling in den Sommer vorbereiten, sprach in einem nicht minder gleichnishaften Augenerlebnis das große Geheimnis mich an. Am schwer bewölkten Himmel, der dennoch immer wieder grelle Sonnenblicke in das keimende Grün des Tales warf, fand großes Wolkentheater statt, der Wind schien von allen Seiten zugleich zu wehen, doch wog die Südnordrichtung vor. Unruhe und Leidenschaft erfüllten die Atmosphäre mit starken Spannungen. Und mitten im Schauspiel stand, meinem Blick sich plötzlich aufdrängend, wiederum ein Baum, ein junger schöner Baum, eine frisch belaubte Pappel im Nachbargarten. Wie eine Rakete schoß sie empor, wehend,

elastisch, mit spitzem Wipfel, in den kurzen Windpausen straff geschlossen wie eine Zypresse, bei wachsendem Winde mit hundert dünnen, leicht auseinandergekämmten Zweigen gestikulierend. Hin und her wiegte und bäumte sich mit zart blitzendem Flüsterlaub der Wipfel des herrlichen Baumes, seiner Kraft und grünen Jugend froh, mit leisem sprechendem Schwanken wie das Zünglein einer Waage, jetzt wie im Neckspiel nachgebend, jetzt eigenwillig zurückschnellend (viel später erst fiel mir ein, daß ich schon einmal, vor Jahrzehnten, dies Spiel mit offenen Sinnen an einem Pfirsichzweig beobachtet und in dem Gedicht »Der Blütenzweig« nachgezeichnet hatte).
Mit Freude und furchtlos, ja mutwillig, überließ die Pappel Zweige und Laubgewand dem stark anschwellenden feuchten Winde, und was sie in den Gewittertag hineinsang und was sie mit spitzem Wipfel in den Himmel schrieb, war schön, war vollkommen, war so heiter wie ernst, so Tun wie Erleiden, so Spiel wie Schicksal, es enthielt wiederum alle Gegensätze und Gegensinne. Nicht der Wind war Sieger und stark, weil er den Baum so zu schütteln und zu biegen vermochte, nicht der Baum war Sieger und stark, weil er aus jeder Beugung elastisch und triumphierend zurückzuschnellen vermochte, es war das Spiel von beidem, der Einklang von Bewegung und Ruhe, von himmlischen und irdischen Mächten: der unendlich

gebärdenreiche Wipfeltanz im Sturm war nur noch ein Bild, nur noch Offenbarung des Weltgeheimnisses, jenseits von Stark und Schwach, von Gut und Böse, von Tun und Leiden. Ich las, eine kleine Weile lang, eine kleine Ewigkeit lang, in ihm das sonst Verhüllte und Geheime rein und vollkommen dargestellt, reiner und vollkommener, als läse ich den Anaxagoras oder den Laotse. Und auch hier wieder schien es mir, als habe es, um dieses Bild zu schauen und diese Schrift zu lesen, nicht nur des Geschenkes einer Frühlingsstunde bedurft, sondern auch der Gänge und Irrgänge, Torheiten und Erfahrungen, Lüste und Leiden sehr vieler Jahre und Jahrzehnte, und ich empfand den lieben Pappelbaum, der mich mit dieser Schau beschenkte, durchaus als Knaben, als Unerfahrenen und Ahnungslosen. Ihn mußten noch viele Fröste und Schneefälle zermürben, noch manche Stürme rütteln, noch manche Blitze streifen und verletzen, bis vielleicht auch er des Schauens und des Horchens fähig und auf das große Geheimnis begierig sein würde. –

(Aus: »Aprilbrief«, 1952)

Immer hin und wider
Strebt der Blütenzweig im Winde,
Immer auf und nieder
Strebt mein Herz gleich einem Kinde
Zwischen hellen, dunklen Tagen,
Zwischen Wollen und Entsagen.

Bis die Blüten sind verweht
Und der Zweig in Früchten steht,
Bis das Herz, der Kindheit satt,
Seine Ruhe hat
Und bekennt: voll Lust und nicht vergebens
War das unruhvolle Spiel des Lebens.

// KAPELLE

Die rosenrote Kapelle mit dem kleinen Vordach muß von guten und zartfühlenden Menschen erbaut sein, und von sehr frommen Menschen.

Mir ist oft gesagt worden, es gäbe heute keine frommen Menschen mehr. Man könnte ebensogut sagen, es gäbe heute keine Musik und keinen blauen Himmel mehr. Ich glaube, es gibt viele Fromme. Ich selbst bin fromm. Aber ich war es nicht immer.

Der Weg zur Frömmigkeit mag für jeden ein andrer sein. Für mich lief er über viel Irrtümer und Leiden, über viel Selbstquälerei, durch stattliche Dummheiten, Urwälder von Dummheiten. Ich bin Freigeist gewesen und wußte, daß Frömmigkeit eine Seelenkrankheit sei. Ich bin Asket gewesen und habe mir Nägel ins Fleisch getrieben. Ich wußte nicht, daß Frommsein Gesundheit und Heiterkeit bedeutet.

Frommsein ist nichts andres als Vertrauen. Vertrauen hat der einfache, gesunde, harmlose Mensch, das Kind, der Wilde. Unsereiner, der nicht einfach noch harmlos war, mußte das Vertrauen auf Umwegen finden. Vertrauen zu dir selbst ist der Beginn. Nicht mit Abrechnungen, Schuld und bösem Gewissen, nicht mit Kasteiung und Opfern wird der Glaube gewonnen. Alle diese Bemühungen wenden sich an Götter, welche außer uns wohnen. Der Gott, an den wir glauben müssen, ist in uns innen. Wer zu sich selber nein sagt, kann zu Gott nicht ja sagen.

O liebe, innige Kapellen dieses Landes! Ihr traget die Zeichen und Inschriften eines Gottes, der nicht der meine ist. Eure Gläubigen beten Gebete, deren Worte ich nicht kenne. Dennoch kann ich in euch beten, so gut wie im Eichenwald oder auf der Bergwiese. Ihr blühet aus dem

Grün hervor, gelb oder weiß oder rosig, wie Frühlingslieder junger Menschen. Jedes Gebet ist bei euch erlaubt und heilig.

Gebet ist so heilig, so heilend wie Gesang. Gebet ist Vertrauen, ist Bestätigung. Wer wahrhaft betet, der bittet nicht, er erzählt nur seine Zustände und Nöte, er singt sein Leid und seinen Dank vor sich hin, wie die kleinen Kinder singen. So haben die seligen Einsiedler gebetet, die inmitten ihrer Oase und ihrer Rehe im Kirchhof von Pisa gemalt sind, es ist das schönste Bild der Welt. So beten auch Bäume, auch Tiere. Auf den Bildern guter Maler betet jeder Baum und jeder Berg.

Wer aus einem frommen Protestantenhause stammt, der hat einen weiten Weg zu suchen bis zu diesem Gebet. Er kennt die Höllen des Gewissens, er kennt den Todesstachel der Zerfallenheit mit sich selber, er hat Spaltung, Qual, Verzweiflung jeder Art erfahren. Am späten Ende des Weges sieht er mit Erstaunen, wie einfach, kindlich und natürlich die Seligkeit ist, die er auf so dornigen Wegen gesucht hat. Aber die Dornenwege waren nicht umsonst. Der Heimgekehrte ist ein andrer als der stets Daheimgebliebene. Er liebt inniger, und er ist freier von Gerechtigkeit und Wahn. Gerechtigkeit ist die Tugend der Daheimgebliebenen, eine alte Tugend, eine Urmenschentugend. Wir jüngeren können sie nicht gebrauchen.

 Wir kennen nur ein Glück: Liebe, und nur eine Tugend: Vertrauen.

Euch Kapellen beneide ich um eure Gläubigen, um eure Gemeinden. Hundert Beter klagen euch ihr Leid, hundert Kinder bekränzen eure Türen und bringen in euch ihre Kerzen dar. Unser Glaube aber, die Frömmigkeit der Weitgereisten, ist einsam. Die vom alten Glauben wollen nicht unsre Genossen sein, und die Strömungen der Welt gehen fern von unsren Inseln vorüber.

Ich pflücke Blumen in der nächsten Wiese, Primel, Klee und Hahnenfuß, und lege sie in der Kapelle nieder. Ich setze mich auf die Brüstung unterm Vordach und summe mein frommes Lied in der Morgenstille. Mein Hut liegt auf der braunen Mauer, und ein blauer Schmetterling setzt sich darauf. Im fernen Tal pfeift dünn und sanft eine Eisenbahn. Auf den Sträuchern blinkt noch hier und dort der Morgentau.

(Aus: »Wanderung«, 1918)

Voll Blüten steht der Pfirsichbaum,
Nicht jede wird zur Frucht,
Sie schimmern hell wie Rosenschaum
Durch Blau und Wolkenflucht.
Wie Blüten gehn Gedanken auf,
Hundert an jedem Tag –
Laß blühen! laß dem Ding den Lauf!
Frag nicht nach dem Ertrag!

Es muß auch Spiel und Unschuld sein
Und Blütenüberfluß,
Sonst wär die Welt uns viel zu klein
Und Leben kein Genuß.

// KLEINE FREUDEN

Große Teile des Volkes leben in unserer Zeit in freudloser und liebloser Dumpfheit dahin. Feine Geister empfinden unsere unkünstlerischen Lebensformen drückend und schmerzlich und ziehen sich vom Tage zurück. In Kunst und Dichtung ist nach der kurzen Periode des Realismus überall ein Ungenügen zu spüren, dessen deutlichste

 Symptome das Heimweh nach der Renaissance und die Neuromantik sind.
»Euch fehlt der Glaube!« ruft die Kirche, und »Euch fehlt die Kunst!« ruft Avenarius. Meinetwegen. Ich meine, uns fehlt es an Freude. Der Schwung eines erhöhten Lebens, die Auffassung des Lebens als eine fröhliche Sache, als ein Fest, das ist es doch im Grunde, womit uns die Renaissance so blendend anzieht. Die hohe Bewertung der Minute, die Eile, als wichtigste Ursache unserer Lebensform, ist ohne Zweifel der gefährlichste Feind der Freude. Mit sehnsüchtigem Lächeln lesen wir die Idyllen und empfindsamen Reisen vergangener Epochen. Wozu haben unsere Großväter nicht Zeit gehabt? Als ich einmal Friedrich Schlegels Ekloge auf den Müßiggang las, konnte ich mich des Gedankens nicht erwehren: Wie würdest du erst geseufzt haben, wenn du unsere Arbeit hättest tun müssen!
Daß diese Eiligkeit unseres heutigen Lebens uns seit der frühesten Erziehung angreifend und nachteilig beeinflußt hat, erscheint traurig, aber notwendig. Leider aber hat sich diese Hast des modernen Lebens längst auch unserer geringen Muße bemächtigt; unsere Art zu genießen ist kaum weniger nervös und aufreibend als der Betrieb unserer Arbeit. »Möglichst viel und möglichst schnell« ist die Losung. Daraus folgt immer mehr Vergnügung und immer weniger Freude. Wer je ein großes Fest in Städten

oder gar Großstädten angesehen hat, oder die Vergnügungsorte moderner Städte, dem haften diese fieberheißen, verzerrten Gesichter mit den starren Augen schmerzlich und ekelhaft im Gedächtnis. Und diese krankhafte, von ewigem Ungenügen gestachelte und dennoch ewig übersättigte Art zu genießen hat ihre Stätte auch in den Theatern, in den Opernhäusern, ja in den Konzertsälen und Bildergalerien. Eine moderne Kunstausstellung zu besuchen ist gewiß selten ein Vergnügen.

Von diesen Übeln bleibt auch der Reiche nicht verschont. Er könnte wohl, aber er kann nicht. Man muß mitmachen, auf dem laufenden bleiben, sich auf der Höhe halten.

So wenig als andere weiß ich ein Universalrezept gegen diese Mißstände. Ich möchte nur ein altes, leider ganz unmodernes Privatmittel in Erinnerung bringen: Mäßiger Genuß ist doppelter Genuß. Und: Überseht doch die kleinen Freuden nicht!

Also: Maßhalten. In gewissen Kreisen gehört Mut dazu, eine Premiere zu versäumen. In weiteren Kreisen gehört Mut dazu, eine literarische Novität einige Wochen nach ihrem Erscheinen noch nicht zu kennen. In den allerweitesten Kreisen ist man blamiert, wenn man die heutige Zeitung nicht gelesen hat. Aber ich kenne einige, welche es nicht bereuen, diesen Mut gehabt zu haben.

Wer einen abonnierten Sitz im Theater hat, der glaube

 nicht etwas zu verlieren, wenn er nur jede zweite Woche einmal davon Gebrauch macht. Ich garantiere ihm: er wird gewinnen.

Wer gewohnt ist, Bilder in Masse zu sehen, der versuche einmal, falls er dazu noch fähig ist, eine Stunde oder mehr vor einem einzelnen Meisterwerk zu verweilen und sich damit für diesen Tag zu begnügen. Er wird dabei gewinnen.

Ebenso versuche es der Vielleser usw. Er wird sich einigemal ärgern, über etwas Neues nicht mitreden zu können. Er wird einigemal Lächeln erregen. Aber bald wird er selber lächeln und es besser wissen. Und jedermann, der zu keiner andern Beschränkung sich verstehen mag, versuche es mit der Gewohnheit, mindestens einmal in der Woche um 10 Uhr schlafen zu gehen. Er wird sich wundern, wie glänzend dieser kleine Verlust an Zeit und Genuß sich ersetzt. Mit der Gewohnheit des Maßhaltens ist die Genußfähigkeit für die »kleinen Freuden« innig verknüpft. Denn diese Fähigkeit, ursprünglich jedem Menschen eingeboren, setzt Dinge voraus, die im modernen Tagesleben vielfach verkümmert und verlorengegangen sind, nämlich ein gewisses Maß von Heiterkeit, von Liebe und von Poesie. Diese kleinen Freuden, namentlich dem Armen geschenkt, sind so unscheinbar und sind so zahlreich ins tägliche Leben gestreut, daß der dumpfe Sinn unzähliger Arbeitsmenschen kaum noch von ihnen berührt wird. Sie fallen nicht auf, sie werden nicht angepriesen, sie kosten kein Geld! (Sonderbarerweise wissen gerade auch die Armen nicht, daß die schönsten Freuden immer die sind, die kein Geld kosten.)

Unter diesen Freuden stehen diejenigen obenan, welche uns die tägliche Berührung mit der Natur erschließt. Unsere Augen vor allem, die viel mißbrauchten, überangestrengten Augen des modernen Menschen, sind, wenn man nur will, von einer ganz unerschöpflichen Genußfähigkeit. Wenn ich morgens zu meiner Arbeit gehe, eilen mit mir und mir entgegen täglich zahlreiche andere Arbeiter, eben aus dem Schlaf und Bett gekrochen, schnell und fröstelnd über die Straßen. Die meisten gehen rasch und halten die Augen auf den Weg oder höchstens auf die Kleider und Gesichter der Vorübergehenden gerichtet. Kopf hoch, liebe Freunde! Versucht es einmal – ein Baum oder mindestens ein gutes Stück Himmel ist überall zu sehen. Es muß durchaus kein blauer Himmel sein, in irgendeiner Weise läßt sich das Licht der Sonne immer fühlen. Gewöhnt euch daran, jeden Morgen einen Augenblick nach dem Himmel zu sehen, und plötzlich werdet ihr die Luft um euch her spüren, den Hauch der Morgenfrische, der euch zwischen Schlaf und Arbeit gegönnt ist. Ihr werdet finden, daß jeder Tag und jeder Dachgiebel sein eigenes Aussehen, seine besondere Beleuchtung hat. Achtet ein wenig darauf, und ihr werdet für den ganzen Tag einen Rest von Wohlgefallen und ein kleines Stück Zusammenleben mit der Natur haben. Allmählich erzieht sich das Auge ohne Mühe selber zum Vermittler vieler kleiner Reize, zum Betrachten der Natur, der Straßen, zum Erfassen der unerschöpflichen Komik des kleinen Lebens. Von da bis zum künstlerisch erzogenen Blick ist die kleinere Hälfte des Weges, die Hauptsache ist der Anfang, das Augenaufmachen.

Ein Stück Himmel, eine Gartenmauer, von grünen Zweigen überhangen, ein tüchtiges Pferd, ein schöner Hund, eine Kindergruppe, ein schöner Frauenkopf – das alles wollen wir uns nicht rauben lassen. Wer den Anfang gemacht hat, der kann innerhalb einer Straßenlänge köstliche Dinge sehen, ohne eine Minute Zeit zu verlieren. Dabei ermüdet dieses Sehen keineswegs, sondern stärkt und erfrischt, und nicht nur das Auge. Alle Dinge haben eine anschauliche Seite, auch interesselose oder häßliche; man muß nur sehen wollen.

Und mit dem Sehen kommt die Heiterkeit, die Liebe, und die Poesie. Der Mann, der zum erstenmal eine kleine Blume abbricht, um sie während der Arbeit in seiner Nähe zu haben, hat einen Fortschritt in der Lebensfreude gemacht.

Einem Hause, in welchem ich längere Zeit arbeitete, lag eine Mädchenschule gegenüber. Die Klasse der etwa Zehnjährigen hatte auf dieser Seite ihren Spielplatz. Ich hatte tüchtig zu arbeiten und litt jeweils auch unter dem Lärm der spielenden Kinder, aber wieviel Freude und Lebenslust ein einziger Blick auf diesen Spielplatz mir gewährte, ist nicht zu sagen. Diese farbigen Kleider, diese lebhaften, lustigen Augen, diese schlanken, kräftigen Bewegungen erhöhten in mir die Lust am Leben. Eine Reitschule oder ein Hühnerhof hätte mir vielleicht ähnliche Dienste getan. Wer die Wirkungen des Lichtes auf einer einfarbigen Fläche, etwa einer Hauswand, einmal beobachtet hat, der weiß, wie genügsam und genußfähig das Auge ist.

Wir wollen uns mit diesen Beispielen begnügen. Manchem Leser sind gewiß schon viele andere kleine Freuden eingefallen, etwa die besonders herrliche des Riechens an einer Blume oder an einer Frucht, des Horchens auf die eigene und auf fremde Stimmen, des Belauschens von Kindergesprächen. Auch das Summen oder Pfeifen einer Melodie gehört hierher und tausend andere Kleinigkeiten, aus denen man eine helle Kette von kleinen Genüssen in sein Leben flechten kann.

Jeden Tag so viel nur möglich von den kleinen Freuden erleben und die größeren, anstrengenden Genüsse sparsam auf Ferientage und gute Stunden verteilen, das ist, was ich jedem raten möchte, der an Zeitmangel und Unlust leidet. Zur Erholung vor allem, zur täglichen Erlösung und Entlastung sind uns die kleinen, nicht die großen Freuden gegeben.

(1899)

/ WOLKEN /

Wolken, leise Schiffe, fahren
Über mir und rühren mich
Mit den zarten, wunderbaren
Farbenschleiern wunderlich.

Aus der blauen Luft entquollen,
Eine farbig schöne Welt,
Die mich mit geheimnisvollen
Reizen oft gefangenhält.

Leichte, lichte, klare Schäume,
Alles Irdischen befreit,
Ob ihr schöne Heimwehträume
Der befleckten Erde seid?

// Der Frühling ist mein Freund nicht, ich gehöre zu jenen alten Leuten, denen er stets vermehrte Not bringt, aber unendlich schön ist er dennoch wieder.

(Aus einem Brief an Barthold Hesse, März 1953)

// Der Frühling ist nicht meine Jahreszeit, und mit dem Älterwerden wird er immer unangenehmer. Spaßes halber schrieb ich mir neulich auf:

Jedes Kind weiß, was der Frühling spricht:
Lebe, wachse, blühe, hoffe, liebe,
Freue dich und treibe neue Triebe,
Gib dich hin und fürcht' das Leben nicht!

Jeder Greis weiß, was der Frühling spricht:
Väterchen, laß dich begraben,
Räume deinen Platz den muntern Knaben,
Gib dich hin und fürcht' das Sterben nicht!

(Aus einem Brief an Alfred Kubin, Ende März 1932)

/ AUCH DIE BLUMEN /

Auch die Blumen leiden den Tod,
Die doch ohne Schuld sind.
So auch ist unser Wesen rein
Und leidet nur Schmerz,
Wo es sich selber nicht mag verstehn.
Was wir Schuld genannt,
Ist von der Sonne aufgesogen,
Kommt längst aus reinen Kelchen der Blumen
Uns entgegen als Duft und rührender Kinderblick.

Und wie die Blumen sterben,
So sterben auch wir
Nur den Tod der Erlösung,
Nur den Tod der Wiedergeburt.

/ IM FRÜHLING 1915 /

Manchmal seh ich unsre Zeit so hell
Wie ein Auge aufgetan,
Aus zerschlagnem Wahn
Seh ich stürzen Quell um Quell,

Und von seinem Kreuz gestiegen
Den Erlöser groß und bleich
Über allen Kriegen
Predigen der Liebe ewiges Reich.
Manchmal seh ich nichts als schwarzen Haß,
Menschenleiber wutverbissen,
Schwache Seelen ohne Maß
In Verbrechen hingerissen,
Leid aus hohlen Augen stierend,
Und der arme Gott der Liebe irrt,
Ehe alles dunkel wird,
Übers Blutfeld bang und frierend.
Aber neue Blumen bringt
Unsre Wiese jeden Tag,
Amselschlag
Aus der Ulme süß und trunken schwingt,
Und die Welt weiß nichts von Morden,
Und die Welt ist Kind geworden,
Daß wir mit beklommenem Atem stehen
Und im duftend lauen Wehen
Angst und Leid und Tod nicht mehr verstehen.

 // Es sieht finster aus in der Welt, aber es wird doch Frühling, und die ewige Heiterkeit lacht aus jeder Blume.

(Aus einem Brief an Baronin Hennett, März 1941)

// Der Frühling will überstanden sein; er ist für Alternde die gefährlichste Jahreszeit.

(Aus einem Brief an Friedrich Michael, Mitte März 1935)

// Am Himmel kann man zu manchen Stunden geschrieben lesen, daß bald der Frühling kommt, es schwimmt dann dort oben zwischen dem formlosen Graugewölk ein schüchternes unirdisches Blau, ein gefährlicher und wunderbarer Anblick, der den jungen Menschen das Herz in der Brust umdreht und uns Alten bitter bange macht. Man liebt den Frühling nicht, wenn man alt wird. Man spürt mit jedem Jahre deutlicher, warum diese heimtükkische Jahreszeit den alten Leuten so schlecht bekommt und warum der Frühling für alte Leute eine so beliebte Sterbezeit ist.

Eben darum verbringe ich seit einigen Jahren den Frühlingsbeginn nicht mehr zu Hause auf dem Lande, wo es so betäubend und unerträglich nach Erde und nach Hekkenknospen riecht und wo einem auf Schritt und Tritt gar so deutlich, gar so grob entgegengerufen wird, daß jetzt die Zeit ist, wo das Junge und Starke sich rühren, das Alte und Kranke aber sterben und vermodern muß. In der Stadt spürt man das nicht so heftig. Die paar grünen Wasseraugen im grauen Eis, die paar Amseln in den öffentlichen Gärten, die paar Flecken von jugendlichem Blau im windigen Himmel, das ist alles.

(Aus: »März in der Stadt«, 1927)

/ FRÜHLING /

(1907)

Der laue März und der feuchte April
Die singen alte Lieder.
Mein Herz weiß nimmer, was es will,
Es träumt und dichtet wieder.
Vom Venusberg ein verlorener Klang
Streift mich mit süßem Grauen,
Der Föhnwind ruft, der Amselsang
Verweht so bang im Blauen.
Sei stille, Herz, das ist vorbei,
Laß deine Träume vergehen!
Du sollst dem Freudenbringer Mai
Klar in die Augen sehen.

 // Der Frühling ist für alte Leute meistens keine angenehme Zeit. So wie der Föhn an den Bäumen rüttelt und jeden alten Baum Ast um Ast abtastet, ob er ihn nicht abknicken könne, so rüttelt der Frühling an den alten Leuten, ob sie bald morsch genug seien. Schön ist er aber dennoch.

(Aus einem Brief an Karl Kloter, Ostern 1948)

/ DIE BLUTBUCHE /

Eine junge Blutbuche stand
Ob meiner ersten Liebe,
Und als ich mein erstes Lied erfand,
Sah sie zu, was ich schriebe.

So wie die Blutbuche kann kein Baum
In Frühlingsprächten schwelgen,
Hat keiner so farbigen Sommertraum
Und ein so jähes Welken.

Eine junge Blutbuche steht
In allen meinen Träumen,
Ein vergangener Mai umweht
Meinen Liebling unter den Bäumen.

Heut nacht ging der Föhn gewaltig und erbarmungslos über das geduldige Land, über die leeren Felder und Gärten, durch die dürren Reben und den kahlen Wald, zerrte an jedem Ast und Stamm, heulte fauchend vor jedem Hindernis, klapperte knöchern im Feigenbaum und trieb Wolken welken Laubes in Wirbeln bis in alle Höhen. Sauber in große Haufen hingestrichen, lag es am Morgen, plattgedrückt und geduckt, hinter jeder Ecke und jedem Mauervorsprung, die einen Windschutz boten.
Und als ich in den Garten kam, war ein Unglück geschehen. Der größte von meinen Pfirsichbäumen lag am Boden, nahe über der Erde abgebrochen und über die steile Böschung des Rebbergs hinabgestürzt. Sie werden ja nicht sehr alt, diese Bäume, und gehören nicht zu den Riesen und Helden, sie sind zart und anfällig, gegen Verletzungen überempfindlich, ihr harziger Saft hat etwas von altem, überzüchtetem Adelsblut. Es war kein besonders edler oder schöner Baum, der da gefallen war, aber er war eben doch der größte meiner Pfirsichbäume gewesen, ein alter Bekannter und Freund, schon länger als ich auf diesem Grundstück heimisch. Jedes Jahr hatte er bald nach der Mitte des März seine Knospen geöffnet und seine rosig blühende, schaumige Krone kraftvoll vom Blau des

 Schönwetterhimmels und unendlich zart vom Grau eines Regenhimmels abgehoben, hatte in den launigen Böen frischer Apriltage geschaukelt, durchflogen von den goldenen Flammen der Zitronenfalter, hatte sich gegen den bösen Föhn gestemmt, war still und wie träumerisch im nassen Grau der Regenzeiten gestanden, leicht gebeugt zu seinen Füßen niederblickend, wo mit jedem Regentag das Gras der steilen Rebhänge grüner und fetter wurde. Manchmal hatte ich einen kleinen blühenden Zweig von ihm mit ins Haus und Zimmer genommen, manchmal ihm zur Zeit, wo die Früchte schwer zu werden begannen, mit einer Stütze geholfen, manchmal auch hatte ich in frühern Jahren, frech genug, ihn in seiner Blütezeit zu malen versucht. In allen Jahreszeiten hatte er dagestanden, seinen Ort in meiner kleinen Welt gehabt und mit dazu gehört, hatte Hitze und Schnee, Sturm und Stille miterlebt, hatte seinen Ton zum Liede, seinen Klang zum Bilde beigetragen, war allmählich hoch über die Rebenpfähle hinausgewachsen und hatte Generationen von Eidechsen, Schlangen, Schmetterlingen und Vögeln überdauert. Er war nicht ausgezeichnet, nicht besonders beachtet, aber unentbehrlich gewesen. Zur Zeit der beginnenden Reife hatte ich jeden Morgen den kleinen Abstecher vom Treppenwegchen zu ihm hinüber gemacht, die in der Nacht gefallenen Pfirsiche aus dem feuchten Grase gele-

 sen und sie in der Tasche, im Korb oder auch im Hut mit zum Hause hinaufgebracht und auf die Terrassenbrüstung an die Sonne gelegt.

Nun war am Ort, der diesem alten Bekannten und Freund gehört hatte, ein Loch entstanden, die kleine Welt hatte einen Riß, durch den das Leere, das Finstre, der Tod, das Grauen hereinblickte. Traurig lag der gebrochene Stamm, das Stammholz sah mürbe und etwas schwammig aus, die Äste waren im Sturz geknickt; in zwei Wochen vielleicht hätten sie wieder einmal ihre rosenrote Frühlingskrone getragen und den blauen oder grauen Himmeln entgegengehalten. Nie mehr würde ich einen Zweig, nie mehr eine Frucht von ihm pflücken, nie mehr die eigenwillige und etwas phantastische Struktur seiner Verästelung nachzuzeichnen versuchen, nie mehr am heißen Sommermittag vom Treppenweg zu ihm hinübergehen, um einen Augenblick in seinem dünnen Schatten zu rasten. Ich rief Lorenzo, den Gärtner, und wies ihn an, den Gestürzten zum Stall zu tragen. Da würde er am nächsten Regentag, wenn es gerade keine andre Arbeit gab, zu Brennholz zersägt werden. Unmutig sah ich ihm nach. Ach, daß auch auf Bäume kein Verlaß ist, daß auch sie einem abhanden kommen, einem wegsterben, einen eines Tages im Stich lassen und ins große Dunkel hinüber verschwinden können!

Ich sah Lorenzo nach, der schwer an dem Stamm zu schleppen hatte. Leb wohl, mein lieber Pfirsichbaum! Wenigstens bist du, und dafür preise ich dich glücklich, einen anständigen, einen natürlichen und richtigen Tod gestorben, hast dich gestemmt und gehalten, bis es nicht mehr ging und dir der große Feind die Glieder aus den Gelenken drehte. Du hast nachgeben müssen, bist gestürzt und von deiner Wurzel getrennt worden. Aber du bist nicht von Fliegerbomben zersplittert, nicht von teuflischen Säuren verbrannt, nicht wie Millionen aus der heimatlichen Erde gerissen, mit blutenden Wurzeln wieder flüchtig eingepflanzt und bald aufs neue gepackt und heimatlos gemacht worden, du hast nicht Untergang und Zerstörung, Krieg und Schändung um dich her erleben und im Elend absterben müssen. Du hast ein Schicksal gehabt, wie es deinesgleichen zukommt und ansteht. Dafür preise ich dich glücklich; du bist besser und schöner alt geworden und bist würdiger gestorben als wir, die wir uns in unsern alten Tagen gegen das Gift und Elend einer verpesteten Welt zu wehren haben und jeden Atemzug sauberer Luft der ringsum fressenden Verderbnis abkämpfen müssen.

Als ich den Baum hatte liegen sehen, hatte ich wie immer bei einem solchen Verlust an Ersatz gedacht, an Neupflanzen. An der Stelle des Gestürzten würden wir ein Loch graben und es eine gute Weile offen stehen lassen, der Luft, dem Regen und der Sonne ausgesetzt, in das Loch würden wir mit der Zeit etwas Mist, etwas Dung vom Unkrauthaufen, und allerlei mit Holzasche gemischte Abfälle tun, und dann eines Tages, womöglich bei einem sanften lauen Regen, ein neues, junges Bäumchen pflanzen. Es würde auch diesem Jungen, diesem Baumkind, Erde und Luft hier leidlich behagen, auch es würde zum Kameraden und guten Nachbarn der Reben, der Blumen, der Eidechsen, der Vögel und der Schmetterlinge werden, würde in ein paar Jahren Früchte tragen, würde jeden Frühling in der zweiten Hälfte des März seine lieben Blüten treiben und, wenn das Schicksal ihm wohlwollte, einmal als ein alter müdgewordener Baum irgendeinem Sturm oder Erdrutsch oder Schneedruck zum Opfer fallen.

Aber ich konnte mich diesmal nicht zum Nachpflanzen entschließen. Ich hatte ziemlich viele Bäume in meinem Leben gepflanzt, es kam auf den einen nicht an. Und es wehrte sich etwas in mir dagegen, auch hier und diesmal wieder den Kreislauf zu erneuern, das Rad des Lebens aufs neue anzutreiben, dem gefräßigen Tode eine neue Beute heranzuzüchten. Ich mochte nicht. Die Stelle soll leer bleiben.

(1945)

// Wenn ein Baum entgipfelt wird, treibt er gern in Wurzelnähe neue Sprossen hervor, und so kehrt oft auch eine Seele, die in der Blüte krank wurde und verdarb, in die frühlinghafte Zeit der Anfänge und ahnungsvollen Kindheit zurück, als könnte sie dort neue Hoffnungen entdecken und den abgebrochenen Lebensfaden aufs neue anknüpfen. Die Wurzelsprossen geilen saftig und eilig auf, aber es ist ein Scheinleben, und es wird nie wieder ein rechter Baum daraus.

(Aus: »Unterm Rad«, 1905/06)

/ GESTUTZTE EICHE /

Wie haben sie dich, Baum, verschnitten,
Wie stehst du fremd und sonderbar!
Wie hast du hundertmal gelitten,
Bis nichts in dir als Trotz und Wille war!
Ich bin wie du, mit dem verschnittnen,
Gequälten Leben brach ich nicht
Und tauche täglich aus durchlittnen
Roheiten neu die Stirn ins Licht.
Was in mir weich und zart gewesen,
Hat mir die Welt zu Tod gehöhnt,
Doch unzerstörbar ist mein Wesen,
Ich bin zufrieden, bin versöhnt,

Geduldig neue Blätter treib ich
Aus Ästen hundertmal zerspellt,
Und allem Weh zu Trotze bleib ich
Verliebt in die verrückte Welt.

// Ich hatte, wie man weiß, den Wunsch, in einer größeren Dichtung den heutigen Menschen das großzügige, stumme Leben der Natur nahezubringen und lieb zu machen. Ich wollte sie lehren, auf den Herzschlag der Erde zu hören, am Leben des Ganzen teilzunehmen und im Drang ihrer kleinen Geschicke nicht zu vergessen, daß wir nicht Götter und von uns selbst geschaffen, sondern Kinder und Teile der Erde und des kosmischen Ganzen sind. Ich wollte daran erinnern, daß gleich den Liedern der Dichter und gleich den Träumen unsrer Nächte auch Ströme, Meere, ziehende Wolken und Stürme Symbole und Träger der Sehnsucht sind, welche zwischen Himmel und Erde ihre Flügel ausspannt und deren Ziel die zweifellose Gewißheit vom Bürgerrecht und von der Unsterblichkeit alles Lebenden ist. Der innerste Kern jedes Wesens ist dieser Rechte sicher, ist Gottes Kind und ruht ohne Angst im Schoß der Ewigkeit. Alles Schlechte, Kranke, Verdorbene aber, das wir in uns tragen, widerspricht und glaubt an den Tod.

Ich wollte aber auch die Menschen lehren, in der brüderlichen Liebe zur Natur Quellen der Freude und Ströme des Lebens zu finden; ich wollte die Kunst des Schauens, des Wanderns und Genießens, die Lust am Gegenwärtigen predigen. Gebirge, Meere und grüne Inseln wollte ich in einer verlockend mächtigen Sprache zu euch reden lassen und wollte euch zwingen, zu sehen, was für ein maßlos vielfältiges, treibendes Leben außerhalb eurer Häuser und Städte täglich blüht und überquillt. Ich wollte erreichen, daß ihr euch schämet, von ausländischen Kriegen, von Mode, Klatsch, Literatur und Künsten mehr zu wissen als vom Frühling, der vor euren Städten sein unbändiges Treiben entfaltet, und als vom Strom, der unter euren Brücken hinfließt, und von den Wäldern und herrlichen Wiesen, durch welche eure Eisenbahn rennt. Ich wollte euch erzählen, welche goldene Kette unvergeßlicher Genüsse ich Einsamer und Schwerlebiger in dieser Welt gefunden hatte, und wollte, daß ihr, die ihr vielleicht glücklicher und froher seid als ich, mit noch größeren Freuden diese Welt entdeckt.

(Aus: »Peter Camenzind«, 1904)

112 / // Schon als kleines Kind hatte ich je und je den Hang gehabt, bizarre Formen der Natur anzuschauen, nicht beobachtend, sondern ihrem eigenen Zauber, ihrer krausen, tiefen Sprache hingegeben. Lange, verholzte Baumwurzeln, farbige Adern im Gestein, Flecken von Öl, das auf Wasser schwimmt, Sprünge in Glas – alle ähnlichen Dinge hatten zuzeiten großen Zauber für mich gehabt, vor allem auch das Wasser und das Feuer, der Rauch, die Wolken, der Staub, und ganz besonders die kreisenden Farbflecke, die ich sah, wenn ich die Augen schloß. [...] An die wenigen Erfahrungen, welche ich bis jetzt auf dem Wege zu meinem eigentlichen Lebensziel gefunden hatte, reihte sich diese neue: das Betrachten solcher Gebilde, das Sichhingeben an irrationale, krause, seltsame Formen der Natur erzeugt in uns ein Gefühl von der Übereinstimmung unseres Innern mit dem Willen, der diese Gebilde werden ließ – wir spüren bald die Versuchung, sie für unsere eigenen Launen, für unsere eigenen Schöpfungen zu halten –, wir sehen die Grenze zwischen uns und der Natur zittern und zerfließen und lernen die Stimmung kennen, in der wir nicht wissen, ob die Bilder auf unserer Netzhaut von äußeren Eindrücken stammen oder von inneren. Nirgends so einfach und leicht wie bei dieser Übung machen wir die Entdeckung, wie sehr wir Schöpfer sind, wie sehr unsere Seele immerzu teilhat an der be-

114 / ständigen Erschaffung der Welt. Vielmehr ist es dieselbe unteilbare Gottheit, die in uns und die in der Natur tätig ist, und wenn die äußere Welt unterginge, so wäre einer von uns fähig, sie wieder aufzubauen, denn Berg und Strom, Baum und Blatt, Wurzel und Blüte, alles Gebildete in der Natur liegt in uns vorgebildet, stammt aus der Seele, deren Wesen Ewigkeit ist, deren Wesen wir nicht kennen, das sich uns aber zumeist als Liebeskraft und Schöpferkraft zu fühlen gibt.

(Aus: »Demian«, 1917)

// Es beschäftigte mich da seit einigen Tagen ein Gedicht über den Frühling, oder vielmehr über den merkwürdigen Geruch von jungen harzigen Baumknospen und seine Wirkung auf junge und alte Menschen, eine außerordentlich verschiedene Wirkung, und wenn es auch schwer und nahezu unmöglich schien, diese Sache mit den Knospen den Herzen der Menschen jemals einigermaßen befriedigend zu formulieren, so wollte ich doch nicht derjenige sein, der sein Handwerk vernachlässigte und sich um seine Lebensaufgabe drückte.

(Aus: »Abstecher in den Schwimmsport«, 1928)

Im wunderschönen Monat Mai,
als alle Knospen sprangen,
da hat es gleich am ersten Tag
zu regnen angefangen.

Im wunderschönen Monat Mai,
den alle Menschen segnen,
hat's bis zum einunddreißigsten nicht aufgehört
zu regnen.

// Der Lehrer hatte seine Klasse einst einen Aufsatz über den Frühling verfassen und mehrere dieser Arbeiten von ihren Urhebern vorlesen lassen. Da tat mancher zwölfjährige Schüler seine ersten scheuen Flüge in das Land der schaffenden Phantasie, und frühe Bücherleser schmückten ihre Aufsätze mit begeisterten Nachbildungen der Frühlingsschilderungen gangbarer Dichter. Es war von Amselruf und von Maifesten die Rede, und ein besonders Belesener hatte sogar das Wort Philomele gebraucht. Alle diese Schönheiten aber hatten den zuhörenden Emil nicht zu rühren vermocht, er fand das alles blöd und töricht. Da kam, vom Lehrer aufgerufen, der Sohn des Kannenwirts, Franz Remppis, an die Reihe, seinen Aufsatz vorzulesen. Und gleich bei den ersten Worten: »Es ist nicht zu bestreiten, daß der Frühling immerhin eine sehr angenehme Jahreszeit genannt zu werden verdient« – merkte Kolb mit entzücktem Ohre den Klang einer ihm verwandten Seele, lauschte scharf und beifällig und ließ sich kein Wort entgehen. Dies war der Stil, in welchem das Wochenblatt seine Berichte aus Stadt und Land abzufassen pflegte und den Emil selbst schon mit einiger Sicherheit anzuwenden wußte.

(Aus: »Emil Kolb«, 1910)

// Man hört ja immer wieder sagen, der Frühling sei die schönste Zeit des Jahres. Aber das Schönste an ihm ist doch die Vorfreude, das Erwarten des Sommers.

(Aus: »Dem Sommer entgegen«, 1905)

/ QUELLENANGABEN /

Die Textauszüge wurden der Ausgabe Hermann Hesse, *Sämtliche Werke in zwanzig Bänden und einem Registerband*, herausgegeben von Volker Michels, Suhrkamp Verlag Frankfurt am Main 2000-2007, entnommen, die Briefauszüge den Ausgaben Hermann Hesse, *Gesammelte Briefe* (4 Bände), herausgegeben von Ursula und Volker Michels in Zusammenarbeit mit Heiner Hesse, Suhrkamp Verlag Frankfurt am Main 1980-1986 sowie Hermann Hesse, *Ausgewählte Briefe*, Suhrkamp Verlag Frankfurt am Main 1974.

/ VERZEICHNIS DER AQUARELLE VON HERMANN HESSE /

Umschlagabbildung & S. 57: Weißes Haus vor Schneebergen (15.5.1928), S. 4: Frühling (Februar 1924), S. 13: Berge im Frühling (9.4.1926), S. 21: Die Casa Camuzzi (10.6. 1923), S. 33: Obstblüte im April (28.4.1925), S. 45: Locarno (6.6.1925), S. 69: Pugerna über Cavallino (14.6.1924), S. 81: Im Süden (18.6.1922), S. 105: In Montagnola (8.6.1929), S. 113: Magnolienblüte (2.5.1928)